Hans Kern • *Meine Odyssee zum inneren Quell*

ISBN 978-3-7059-0545-0
4. Auflage 2023

Herstellung / Verlag: Weishaupt Verlag, A-8342 Gnas
e-mail: verlag@weishaupt.at
e-bookshop: www.weishaupt.at

Printed in Austria

Hans Kern

Meine Odyssee zum inneren Quell

Weishaupt Verlag

Inhalt

Mein herzlicher Dank gilt ...

meiner Tochter Maria, die meine handschriftlichen Tagebücher per Tastatur verfasst und im strukturellen Aufbau, sowie bei einzelnen Formulierungen geholfen hat.

Weiters möchte ich mich bei Toni Gölles für den spirituellen Feinschliff bedanken, sowie bei Johannes und Andrea Kappel, die halfen, Geschehnisse fesselnd durch die Sprache wiederzugeben.

Ein großes Dankeschön gilt auch Marlies Breuss für ihre Lektorenarbeit.

Vorwort

Menschen lernt man am besten kennen, wenn man ihre Bücher liest, sofern sie solche geschrieben haben. Mir ging es jedenfalls so bei Hans Kern. Bis zur Lektüre seines Manuskriptes wusste ich nur, dass er vor vielen Jahren Mitglied einer Sekte gewesen war, und ich hatte von dem tragischen Ereignis am Hochschwab erfahren gehabt. Seine frühen Jahre waren mir bis dahin noch verborgen geblieben. Umso größer mein Staunen, das von Seite zu Seite regelrecht anschwoll. Wieviel Abenteuerlust und Neugier sind notwendig, um solche Expeditionen durchzuführen, wie Hans sie gemacht hat. Normalerweise ist es Forschergeist und Wissensdurst, der Einzelgänger dazu bringt, den sicheren Boden der Heimat zu verlassen und sich auf fremdes Terrain zu wagen. Auch bei Hans waren es ähnliche Impulse, die ihn für viele Monate und sogar Jahre den heimatlichen Bauernhof verlassen ließen. Er wollte wissen, wie die Welt woanders aussieht und wie die Menschen in fernen Ländern leben. Als Sohn eines Bauern interessierte ihn überall vor allem die Landwirtschaft und wie sich die Menschen ernähren. Letztlich war er aber immer auf der Suche nach dem Sinn des Lebens. Der Drang, nicht nur zu reisen, sondern buchstäblich mit den eigenen Füßen zu gehen, war offensichtlich nicht zu bremsen. Wichtig war ihm auch, mit möglichst wenig Geld unterwegs zu sein. Dass das möglich wurde, verdankte er nicht nur den eigenen Füßen, sondern auch dem Reisen per Anhalter. Auf diese Weise kam er unter anderem bis nach Indien, wo er von einer christlichen Sekte angeworben wurde. Der Glaube war ihm immer wichtig gewesen, sodass er in dieser Gruppe den Sinn seines Lebens gefunden zu haben meinte. Bis ihm die

Augen geöffnet wurden. In England hat er eine neue Form der Landwirtschaft kennen gelernt, die ihn erschreckte. Er musste feststellen, dass nicht mehr die Natur im Mittelpunkt stand, sondern der Profit. Dessen Steigerung wurde auch bei den Bauern zum wichtigsten Lebensinhalt. Andererseits lernte er gerade dort auch ein bedingungsloses Vertrauen kennen – auch einem Fremden gegenüber. Das brachte er als größtes Souvenir aus England mit nach Hause. Es trug ihn auch auf seinen weiteren Reisen durch das In- und Ausland, wozu auch Russland gehörte.

Beeindruckend sind auch die Berichte über seine Art der Vorbereitung auf das Weihnachtsfest. Er wollte die Herbergssuche hautnah erleben und machte in dieser kalten Jahreszeit tagelange Märsche durch die steirische Heimat, nicht wissend, wo er die nächste Nacht wird verbringen können. Seine Erfahrungen diesbezüglich waren sehr aufschlussreich. Am aussagekräftigsten war wohl die Entschuldigung einer Bäuerin. Sie hatte keinen Platz für ihn, weil gerade an diesem Abend die Nachbarn erwartet wurden, die den Brauch des Herbergssuchens in ihrem Haus „spielen“ wollten.

Den Höhepunkt des Berichts von Hans Kern bildet wohl die Tragödie vom 2. November 1988 am Hochschwab, die fünf von sieben Menschen das Leben kostete. Die Schilderung des Sterbens einer Freundin in seinen Armen hat mir die Tränen in die Augen getrieben. Und auch das gefasste Erwarten des eigenen Todes, bis ihn ein plötzlicher Überlebensdrang daran hinderte, einfach liegen zu bleiben, sondern etwas für das Überleben zu tun.

Immer wieder hat Hans in seinen Tagebucheintragungen sein Bedauern darüber ausgedrückt, dass die Menschen immer mehr von der Gier und dem Habenwollen erfasst werden. Er vermisste und vermisst noch heute das Eigentliche, das den Menschen ausmacht. Und damit vermisst er auch den Glauben an Gott, den Schöpfer von all dem Schönen, das uns umgibt, und das viele Menschen nicht mehr sehen können oder wollen.

Dass sich Hans in besonderer Weise von Gott beschützt fühlen durfte, zeigt nicht nur sein Hochschwab-Erlebnis, sondern auch der Sturz von einem Baum aus 7 m Höhe, der seinen Körper fast zermalmte. Sein Gottvertrauen und die Kunst der Ärzte haben ihn nach langer Zeit wieder vom Krankenbett aufstehen lassen.

Hans Kern hat mit seiner Frau Helga einen Sohn und zwei Töchter und fühlt sich in seinem derzeitigen Lebensabschnitt sehr wohl. Das Erlebnis vom Hochschwab hat in ihm eine Sehnsucht nach dem geweckt, worauf es im Leben ankommt. Bei Hans und Helga hat man das Gefühl, dass sie mit beiden Beinen fest am Boden stehen, aber den Kopf schon im Himmel haben.

Ich wünsche diesem Buch mit der Schilderung eines außergewöhnlichen Lebens eine weite Verbreitung.

Anton Gölles

Widmung

Dieses Buch widme ich meiner lieben Frau Helga. Ohne sie hätte ich diese Autobiografie nicht geschrieben. Helga und viele andere Personen haben mich ermutigt, meine Lebenserfahrungen zu Papier zu bringen, sodass diese einen größeren Kreis von Menschen erreichen können.

Hin und wieder habe ich in diesem Text versucht, Einblicke in meine Seele zu gewähren und auch für die heutige Zeit essenzielle Alltagsthemen, wie Freude, Trauer, Versagen, Leid und Niederlagen, in Form von Tagebucheintragungen zu dokumentieren. Ich biete hier keine Lösungen an, sondern erzähle Erfahrungen.

Durch meine liebe Frau habe ich gelernt, ein Leben in Stabilität und Ausgeglichenheit zu führen. Es war ihr treuer Glaube an mich, der mir Halt im Leben gab und gibt. So gehen wir nun gemeinsam schon 30 Jahre durchs Leben und dürfen viel Gutes ernten.

Ich wünsche mir, dass jeder, der diese Zeilen über meine abenteuerliche Vergangenheit liest, den Mut findet, das eigene Leben wie ich als wertvoll und spannend zu betrachten.

Jedem Leser und jeder Leserin wünsche ich Gottes reichen Segen!

Euer Hans

Kindheit und Ausbildung

Mein Heimatort Siebing

Im Rückblick auf die Kindheit fällt es nicht selten schwer, genau und wertfrei zu reflektieren. Oftmals wird sie glorifiziert oder im anderen Extrem als rückständig, als ein Lebensabschnitt voll Armut und Armseligkeit abgetan. Ich betrachte meine Kindheit als eine ganz normale, wie sie wohl viele Menschen meiner Generation in der Nachkriegszeit erlebt haben. Ich bin in einer dörflichen Struktur aufgewachsen. Unser Hof lag etwa 1 km vom Dorf Siebing entfernt. Durch den Hof führte ein Gemeindeweg zur angrenzenden Mühle und zum Sägewerk. Beide gewannen Wasserkraft aus einem Bach, der auch unseren Hof begrenzte. Dieser Bach war für uns Kinder ein idealer Spielplatz, aus dem wir damals auch sehr erfolgreich Fische holten.

Obwohl nur etwa 250 Leute in unserem Dorf lebten, gab es eine gute Infrastruktur, wie man sie sich heute kaum mehr vorstellen kann. Neben einer Gemischtwarenhandlung, die von Lebensmitteln bis zu Eisenwaren alles Notwendige verkaufte, gab es zwei Gasthäuser und einige Handwerksbetriebe, Schmiede, Wagner, Tischler und Schuster. Kleider konnte man bei Hausfrauen, die gelernte Schneiderinnen waren, anfertigen lassen. Nur um die Stoffe zu kaufen, musste man den Ort verlassen.

Fast jede Familie hatte ein Mitglied entweder in der Musikkapelle, im Gesangsverein, der Theaterspielgruppe oder bei der Feuerwehr. Der Zusammenhalt in unserer Gemeinde war daher sehr eng, Streitigkeiten, wie sie in vielen Nachbargemeinden auftraten, gab es fast gar nicht.

Heute gehört Siebing zur Großgemeinde St. Veit in der

Südsteiermark. Damals waren wir zwar als Gemeinde noch selbstständig, gehörten jedoch zur etwa 10 km entfernten Pfarre St. Veit. Den Sonntagsgottesdienst konnten wir in der nur zwei km entfernten Filialkirche im Schloss Weinburg mitfeiern. Der Kirchgang war ein Höhepunkt der Woche, weil sich hier alle Dorfleute trafen.

Begräbnisse fanden immer in der Hauptkirche in St. Veit statt. Das bedeutete jedes Mal einen mehr als zweistündigen Fußmarsch hinter dem von Pferden gezogenen Leichenwagen. Beim Durchgang durch die Dörfer wurde der Rosenkranz gebetet. Das Totenmahl im Gasthaus gestaltete sich als großes Treffen der Verwandten, Nachbarn und Freunde. Um Geld zu sparen, brachten die Angehörigen den Wein und oft auch das Fleisch aus eigener Produktion zum Wirt, der dann nur für das Ausschenken (Stoppelgeld) und das Kochen der warmen Mahlzeit bezahlt werden musste. Wein wurde übrigens damals nur pur getrunken, sodass sehr oft ein 100-Liter-Weinfass für das Totenmahl nicht ausreichte.

Der Rückweg dauerte dann oft noch um einiges länger als der Anmarsch, da die Erwachsenen – und hier vor allem die Musikanten – immer wieder bei Buschenschänken einkehrten. Die Trauerfeier verwandelte sich auf diese Art oft in ein feuchtfröhliches Beisammensein. Auch wenn die langen Fußmärsche anstrengend waren, so ein Begräbnis war vor allem wegen der vielen Gespräche mit unterschiedlichen Menschen ein besonderes Erlebnis – man traf ja viele Verwandte und Bekannte.

Unser Hof

Wir bewirtschafteten eine Fläche von 25 Hektar, wobei etwa die Hälfte aus Wald bestand. Wie damals üblich waren wir fast reine Selbstversorger. Auf dem Hof lebten außer meinen Eltern und der Großmutter noch zwei Tanten väterlicherseits und ein Knecht. Wir waren drei Buben. Ich, der Mittlere, eher schüchtern und verlegen, wurde im Jahr 1949 geboren, mein jüngerer Bruder Sepp im Jahr 1953 und Toni, der Ältere, kam im Jahr 1948 zur Welt.

Bezüglich des Glaubens waren wir eine sehr konventionelle Bauernfamilie. Sonntagsgottesdienst, Tischgebet, Mai- und Feldbeten gehörten zu unseren fixen Ritualen. Solange meine Großmutter lebte (sie starb, als ich 7 Jahre alt war), betete sie mit uns Kindern jeden Abend den Rosenkranz, während die Erwachsenen die Stallarbeit verrichteten.

Der Sonntag war ein Ruhetag, an dem nur die Tiere versorgt wurden. „Wie dein Sonntag, so dein Sterbetag", diesen Spruch kannten alle Bauern.

In unserer unmittelbaren Nachbarschaft gab es eine Mühle, wo Korn (= Roggen) und Weizen gemahlen wurde. Brot war früher das wichtigste Lebensmittel. Daher standen die Pferdefuhrwerke bis zu unserem Hof zurück aufgereiht, wenn z.B. viele Bauern gerade ein „Loch" bei der Arbeit hatten und Mahltag war. Die Menschen hatten damals Zeit, sie kannten einander gut und nutzten die Wartezeit für Gespräche und fröhliche Unterhaltungen.

Es gab in meiner Familie auch tragische Ereignisse. Als meinen Großvater eines Abends ein dringendes Bedürfnis überkam, wurde er von Schweinedieben erschossen. Das Klo befand sich nämlich außerhalb des Hauses neben der Jauchengrube des Schweinestalls, und er musste den Hof überqueren, um dorthin zu gelangen.

In dieser Zeit, es war das Jahr 1918 und mein Vater gerade erst dreizehn Jahre alt, herrschte eine große Hungersnot.

Die Arbeiten am Hof, zum Beispiel das Mähen mit der Sense, musste mein Vater, fast noch ein Kind, nun genauso bewältigen wie die Erwachsenen.

Zwei Arbeitspferde standen bis Anfang der 60er-Jahre im Stall, bis sie zur Gänze vom Traktor ersetzt waren. Kühe, Stiere, Schweine und Hühner lieferten neben dem großen Küchengarten einen Großteil unserer Lebensmittel.

Der Traktor nahm den Menschen zwar viel schwere Arbeit ab, wandelte aber den Lebens- und Arbeitsrhythmus ins Negative. Ein Beispiel war die Mittagspause: Die Rosse spürten genau, wann Mittagszeit war. Sie waren dann einfach nicht mehr dazu zu bewegen, weiter zu pflügen. Nach Hafer, Wasser und zwei bis drei Stunden Ruhe waren sie wieder zu ihrer schweren Arbeit bereit. Zu Mittag etwas zu rasten war daher auch bei den Bauern üblich: „Der Mensch ist keine Maschine. Nur langsam arbeiten, nicht hudeln, dann richtest du viel mehr“, sagte mein Vater oft. Als der Traktor die Arbeit der Pferde übernahm, hat man zunehmend die Mittagspause gekürzt und letztlich ganz abgeschafft.

Mein Vater war sehr aufgeschlossen, hat nie eine Peitsche bei den Tieren verwendet, „denn du machst die Tiere dadurch nur schwächer“. Auch wenn ein anderes Fuhrwerk stecken geblieben war, schaffte er es durch Zureden, dass die Pferde im richtigen Moment ihre ganze Kraft einsetzten und das Fuhrwerk wieder flott wurde.

Die Pferde hatten auch auf das Sozialleben ihren Einfluss. Wenn man nämlich auf den Wegen jemandem begegnete, blieben sie von selbst stehen, und man wechselte ein paar Worte. Mit dem Traktor hört sich das auf, es wird nun praktisch immer nur mehr freundlich gewinkt, ohne stehenzubleiben und miteinander zu reden.

Alltagsleben

Im Frühjahr führten wir Mist auf die Felder aus, und diese wurden anschließend mit den Pferden gepflügt. Wir verwendeten einen Drehpflug. Je nachdem, ob die Pferde nach links oder rechts gewendet hatten, drehte sich der Pflug in die für die nächste Pflugschar richtige Lage. Mit Kühen pflügte man damals mit starren Pflügen, sodass in der Mitte des Feldes begonnen und die Schollen immer zur Mitte geworfen wurden. Man nannte die Methode „Bifang". Lange Zeit danach waren diese Äcker in der Mitte noch deutlich höher als an den Rändern.

Im Sommer gab es immer sehr viel Arbeit. Besonders arbeitsintensiv waren die Mais-, Kartoffel-, Rüben- und Kürbisfelder. Eine Fläche von vier Hektar – das entspricht immerhin etwa acht Fußballfeldern – musste zweimal pro Jahr mit Hauen gehackt werden, um das Unkraut zu bekämpfen. Jedes Zeitfenster, in dem keine andere dringende Arbeit, wie z.B. das Heuen, erforderlich war, wurde dafür genutzt.

Der Sommer war vor allem mit dem Mähen der Wiesen ausgefüllt. Für die ebenen Wiesen hatten wir ein von den Pferden gezogenes Mähwerk. Nur die sogenannte „Bockmahd" erfolgte händisch mit der Sense. Gleich nach dem Mähen wurde mit Rechen das Gras aufgelockert. Das Wenden bzw. „Umkehren", das „Schöbern" (am Abend wurde das Heu zu kleinen Häufen, den „Schöbern", zusammengearbeitet), das „Zetteln" (am Morgen, wenn der Tau aufgetrocknet war, wurde das Heu von den Schöbern wieder aufgestreut), das „Zusammenmachen" bis hin zum „Strichrechen" und Aufladen – alles erfolgte händisch. Zu Hause wurde der Ertrag mit der Gabel „abgeleert" und über dem Stall auf dem Heuboden gelagert.

Die Steilflächen wurden mit der Sense gemäht. Jedes

Mal mussten am Vorabend die Sensen gedengelt werden, wobei die Schneide der Sense mit einem Hammer so lange geschlagen wurde, bis sie ganz dünn und scharf war. Trotzdem musste sie beim Mähen in regelmäßigen Abständen mit dem Wetzstein geschärft werden.

Bei dieser Arbeit halfen uns immer zwei oder drei Nachbarn. Man begann damit bereits um 4:15 Uhr – noch ohne Frühstück. Um etwa 6 Uhr kam dann ein Kind mit einem Jausenkorb vorbei. Es gab immer Sterz, saure Suppe und ein Rexglas mit Kaffee. Zum Schluss reichte mein Vater meistens den Schnaps herum. Auch die Mäher hatten normalerweise ihren eigenen Schnaps dabei.

Mit dem Getreide war meines Erachtens noch mehr Arbeit verbunden. Wir bauten immer vier Sorten an: Gerste, Korn, Weizen und Hafer, später zunehmend auch Mais. Wenn das Jahr ertragreich war, wurde auch noch „Hoadn“, also Buchweizen, für das Heidenmehl angebaut.

Das Getreide wurde mit der Sense mit einem speziellen Aufsatz gemäht und dann von den Frauen des Hofs mit der Sichel in Garben gelegt. Die Kinder mussten diese Garben bündeln und binden. Danach wurde „gepökelt“, mit sieben oder zehn Garben wurde ein sogenanntes „Manderl“ gebaut. Auch die letzten Ähren rechte man sorgfältig zusammen, um nichts zu verschwenden.

Nach zehn Tagen brachte man die Garben auf den Hof, wo sie mit der Maschine gedroschen wurden. Danach erfolgte das Trocknen des Getreides im Freien auf Planen und anschließend die Lagerung im ältesten Gebäude am Hof, dem ca. 300 Jahre alten Getreidekasten, dem „Troadkostn“. Nach dem Trocknen im Freien wurde es zuerst noch am Dachboden des Getreidekastens weiter getrocknet und dann über Löcher, je nach Sorte, in unterschiedliche Kästen abgefüllt. Der Getreidekasten war das wertvollste Gebäude am Hof, da es neben dem Kartoffelkeller alle Vorräte beherbergte.

Da wir Eigenversorger waren, wurde alles am Hof selbst verwertet, an die Tiere verfüttert oder für den Tauschhandel verwendet. Unser Mischbrot mit Weizen und Korn backte unsere Mutter selbst.

Für das Mahlen des Korns bezahlte man nicht bar, es wurde vielmehr „umgetauscht“. Ein genauer Schlüssel legte fest, wie viel Kilogramm Mehl man pro Kilogramm Getreide bei der Mühle zu bekommen hatte.

Gerste und Mais wurden von uns selbst mit einer Steinmühle für die Rinder gemahlen, was zwar nur sehr langsam ging, aber dafür „nichts kostete“.

Auf einer Fläche von einem Hektar bauten wir Kartoffeln an. Ein voller Kartoffelkeller machte unsere Eltern glücklich.

Zum damaligen Zeitpunkt hatten wir noch wenig Maisanbau. Die Kolben wurden mit der Hand abgenommen („Woaz-Abbrechen“), in Strohkörbe geworfen, zu Leiterwägen getragen, zum Hof geführt und im Vorhaus des Wohnhauses wieder abgeladen. Abends nach dem Füttern wurde gemeinsam mit den Nachbarn „Woaz“ geschält. Dies dauerte meistens um die zwei Stunden. Im Anschluss gab es dann frischen Most mit Nüssen und Brot. Zufriedenheit und Bescheidenheit waren zur damaligen Zeit selbstverständlich.

Die Maiskolben wurden nach dem Schälen am Dachboden des Wohnhauses gelagert, im Winter heruntergeholt und gerebelt. Selbst die Kolben verwendete man für das Heizen im Tischherd weiter.

Die Wintermonate waren körperlich weniger anstrengend. Wir arbeiteten viel im Haus, flochten Körbe, bastelten Gartenrechen oder banden Besen.

Jedes Jahr wurde in der Winterzeit ein großes, schweres Schwein geschlachtet und aufgearbeitet. Das Fleisch wurde durch Räuchern, Braten und Einlegen in Fett haltbar gemacht und musste für das ganze Jahr reichen. Da es kein Öl zum Kochen gab, musste auch das Schmalz für ein Jahr reichen. Deshalb war es auch wichtig, dass das Schwein genügend Fett angesetzt hatte.

Ja, und auch das Schnapsbrennen erfolgte an zwei bis drei Tagen in der Winterzeit. Bei dem sogenannten „Freibrennen" durften eigentlich nur Familienmitglieder anwesend sein, und das Brennen durfte auch in der Nacht nicht unterbrochen werden.

Während die zweite Vorschrift eingehalten wurde, nahm man die erste nicht so ernst. Ganz im Gegenteil, Schnapsbrennen war ein soziales Ereignis mit ständigem Kommen und Gehen der Nachbarn. Die „Nachtschicht" übernahm meist der Vater, tagsüber lösten wir Kinder ihn ab, damit er einige Stunden schlafen konnte. Die Ausbeute von 30 bis 40 Liter Schnaps musste wieder für ein Jahr reichen.

Den Schnaps trank man nicht, um sich zu beschwipsen oder gar zu berauschen. Vielmehr wurde z.B. oft in den Pausen während des Mähens ein Schluck Schnaps als Stärkung zu sich genommen. Ob er wirklich eine körperlich stärkende Wirkung hatte, kann ich nicht sagen, aber das Mähen ging dann wieder etwas leichter.

In der Winterszeit kam auch meistens ein Schuster mit Gesellen vorbei, um unsere Schuhe zu reparieren oder neue anzufertigen. Da war in der Stub´n volles Leben, das Leder roch so gut, und die Geschichten, die dann erzählt wurden, waren für uns Kinder ein großes Abenteuer.

Im Jänner oder Februar, wenn schon genügend Kartoffeln aus dem großen Erdkeller verbraucht worden waren und es ausreichend Schnee gab, fuhr man mit dem großen Pferdeschlitten auf das Feld hinaus, um die Rüben zu holen. Im

Herbst hatten wir einen großen, ca. 40 cm tiefen „Bunker" ausgehoben, mit Rüben gefüllt und dann noch einen Rübenkegel von ca. 1 m Höhe aufgeschichtet. Dieser war dann gut mit Stroh abgedeckt worden. Danach hatten wir die zuerst ausgehobene Erde wieder auf den Haufen geschaufelt, sodass die Rüben gut vor Frost geschützt waren. Innerhalb von zwei bis drei Tagen wurde nun im Winter die gesamte Rübenernte in den Kartoffelkeller verfrachtet.

Rüben und Kartoffeln dienten als Schweinefutter. Sie wurden jeden Tag zuerst gewaschen und dann in einem Dämpfer gekocht. Um nicht zu viel echtes Brennholz dafür zu verbrauchen, haben wir im Sommer und Herbst Zweige und dünne Äste auf Armlänge gehackt, mit Weiden gebündelt und diese zum Heizen verwendet.

Damals pflegte man in der Landwirtschaft ein kameradschaftliches Arbeiten. Die Arbeitskraft war das Wertvollste am Hof; je mehr Leute am Hof waren, desto besser. Dadurch war es auch möglich, dass sich Nachbarn gegenseitig helfen konnten. Noch gab es die alten Strukturen, doch zugleich begann bereits durch die Industrialisierung die Umwälzung auch in der Landwirtschaft. Mähdrescher übernahmen bei Großbauern die Erntearbeit, während wir noch alles mit der Hand erledigten.

In dieser Zeit stellten Bauern vereinzelt ihren Betrieb auf Schweinezucht um. Doch meine Familie blieb den traditionellen Strukturen lange treu.

Mehrere Kühe lieferten täglich in Summe 20 Liter Milch. (Eine einzige Hochleistungskuh bringt heute nach dem Abkalben 30 bis 40 Liter pro Tag.) Die Milch wurde täglich zur Milchabgabestelle im Dorf gebracht. Fast jeder im Ort hatte eine Kuh und verdiente damit etwas Geld. Anfangs wurde die Milch dort nur entrahmt, die Magermilch wurde wieder für die Schweine mitgenommen. Später holte dann die Molkerei die Milch ab. Das Milchabliefern war wieder eine gute Gelegenheit, mit den Dorfleuten ins Gespräch zu kommen.

Durch den Verkauf von zwei Stieren pro Jahr kam etwas Bargeld für den täglichen Bedarf ins Haus. Geld für Maschinen, Traktoren und Autos erwirtschaftete man aber nur über die Holzschlägerei. Es hieß immer, der Wald sei die Sparkasse.

Auch ein kleiner Weingarten im untersteirischen Jakobski Dol verschaffte uns einen guten Weinertrag, sofern das Preis-Leistungsverhältnis stimmte. Mit meinem Vater radelte ich einige Male mit dem Fahrrad nach Weitersfeld, mein kleiner Bruder Sepp saß auf dem Gepäckträger. Nach der Überfahrt mit der Fähre über die Mur ging es dann zu Fuß 1 ½ Stunden über kleine Wege bis zum Weingartenhäuschen, in dem die Winzer noch ohne Strom wohnten. Die Winzer züchteten für sich selbst Schweine und wurden meist mit Naturalien (z.B. mitgebrachtem Mehl oder Fleisch) für ihre Arbeit im Weingarten entlohnt. Die Trauben pressten wir in unserer eigenen Presse.

Im Jänner schwefelten wir dort die Fässer. Dazu wurden in die leeren Fässer brennende Schwefelbänder hineingehängt, um die Fässer zu desinfizieren. Gleich danach befüllten wir sie mit dem fertigen Wein. Den Bodensatz (Geleger) der Gärfässer schüttete man in den Weingarten.

Wir brachten Weinproben zu Weinhändlern, die nach der Verkostung ihren Preis nannten. Hatte man sich geeinigt, brachten wir im Frühjahr den Wein mit Pferden in Fässern zum Händler. Mein Vater sagte oft stolz: „Der Wein trägt was!“

Meine Kindheit

Da die Erwachsenen tagsüber am Hof und auf den Feldern arbeiteten, wurden meine Geschwister und ich von meiner Großmutter beaufsichtigt. Zu reden begann ich erst mit vier Jahren. Wahrscheinlich, weil die Eltern immer am Acker waren und die Großmutter schon sehr alt war.

Wenn Verwandte zu Besuch kamen, war das für uns Kinder ein „Feiertag", denn oft musste dafür ein „Hendl" sein Leben lassen. Es wurde kurz in heißes Wasser getaucht, gerupft und knusprig gebraten. Da es damals noch keine Gefrierschränke in den Haushalten gab, war das Schlachten die einzige Möglichkeit, zu frischem Fleisch zu kommen.

Ich kann mich noch gut daran erinnern, dass wir mit dem schönen Pferdeschlitten im Winter manchmal zu den Verwandten nach Hainsdorf und Pichla fuhren. Wir saßen, eingehüllt in Decken, in einem geflochtenen Korb, und es ging lautlos durch die schöne Schneelandschaft. Solche Erlebnisse möchte man gerne zurückholen.

Neben der Arbeit hatten wir immer genug Zeit, um im Wald oder am Bach zu spielen. Die Wintermonate verbrachten wir mit Schlitten- und Skifahren. Die Schier stellte man aus Eschenholzbrettern her, die man vorne erhitzte und aufbog. Es gab keine richtige Bindung, sondern nur Kanteisen mit einer Drahtschlaufe, in die man vorne hineinschlüpfte. Hinten gab es überhaupt keinen Halt. Man konnte damit keine richtigen Bogen fahren. Einer fuhr jeweils voraus und die anderen in der Spur hinten nach. Die Schier mussten dann den Hügel wieder hinaufgetragen werden. Wegen der fehlenden Bindung war ein Aufstieg mit Schiern nicht möglich. Unser Schigebiet war der nahegelegene Hügel mit ca. 70 Höhenmetern auf 200 m Pistenlänge zwischen den Bäumen.

Kinderarbeiten am Bauernhof

Meine zwei Brüder und ich wurden bereits im Alter von zehn Jahren in die Landwirtschaft mit eingebunden. Eine meiner Aufgaben war zum Beispiel jeden Tag in der Früh und am Abend eine Kuh zu melken, worauf ich sehr stolz war.

Schon relativ jung übernahm ich die Aufgabe, am Nachmittag nach dem Unterricht, den Kessel beim Saustall zu heizen und dort Rüben oder Kartoffeln für die Schweine zu kochen. Ich erinnere mich noch, wie genussvoll ich, wenn die Kartoffeln gar waren, ein oder zwei Stück aus dem Kessel genommen und mit etwas Salz verspeist habe.

Beim Mais-Eggen oder bei der Kartoffelsaat, aber vor allem beim Mais-Setzen mussten die Pferde genau geradeaus gehen. Da dies der Vater hinter der Egge nicht steuern konnte, mussten wir Kinder die Pferde führen. In der Schulzeit mussten wir das oft in aller Früh machen. Die Arbeit hieß „Männern", und wir waren stolz darauf. Wir mussten auch den Pferden die Befehle zum Wenden am Ende des Feldes geben: „Düver" für rechts- und „Wüster" für linksrum. Da ich mir das anfänglich nicht merken konnte, schrieb ich mir die beiden Wörter auf die jeweilige Hand.

Schulunterricht

Die Schule hatte keinen besonders hohen Stellenwert in meinem Leben. Die zweite Klasse musste ich wiederholen. Der Unterricht wurde damals sehr streng geführt. Passte dem Lehrer etwas nicht, wurde man bestraft, indem man auf einem Scheit knien musste, oder man bekam eine Ohrfeige oder sogar regelrecht Prügel. Die ersten drei Schulstufen waren im selben Klassenraum und die restlichen fünf

Schulstufen in einem weiteren Lehrraum untergebracht. In den Sommermonaten ging ich immer barfuß zur Schule.

Auch ich musste wegen Kleinigkeiten „scheitelknien". Der Lehrer war brutal und er vergab viele Strafarbeiten. Im Dorf versteckten sich alle Kinder vor ihm. Die ersten drei Jahre wurden wir zwar von seiner Frau unterrichtet, sie holte aber oft ihren Mann zum Bestrafen von uns Kindern. Ich hatte große Angst vor ihm, sodass ich jeden Tag froh war, wenn der Unterricht zu Ende war und ich heimgehen durfte.

Damals konnte ich nicht singen, weil ich so schüchtern war. Ich durfte daher nicht mitsingen, sondern musste in der Zeit Brennholz in die Lehrerwohnung tragen.

Als Nachfolger kam dann ein Lehrer aus Graz: Ein neues Zeitalter begann. Es war für mich neu, dass auf einmal mit den Kindern gesprochen wurde. Die wenigsten Eltern sahen den Wechsel positiv, sie befürworteten die Strenge des alten Lehrers.

Ab der 6. Schulstufe entwickelte ich ein verstärktes Interesse an den Fächern Geschichte und Geografie. Auch am Rechnen und Lesen fand ich auf einmal großen Gefallen. Das Lesen regte meine Fantasie an, es ermöglichte mir, in eine andere Welt zu flüchten und aus der eigenen Begrenztheit herauszutreten. Da kamen mir die Karl-May-Bücher in unserer kleinen Schulbibliothek sehr gelegen. Ich las alle 27 Bände innerhalb von nur drei Jahren. Mit meinem Atlas und dank meiner visuellen Gabe bekam ich schon in jungen Jahren einen Eindruck von den fernen Ländern der Welt.

Ein Jahr später entdeckte ich, dass es zwei Städte mit dem Namen Hyderabad gibt, eine in Indien und eine in Pakistan. Das kam mir sehr seltsam vor. Damals keimte in mir der Wunsch, einmal in diese Gegend zu reisen. Erst einige Zeit später wurde mir bewusst, wie viele gleichnamige Ortschaften es allein in Österreich gibt.

Berufsausbildung, Wehrdienst, Austauschprojekt

Im Alter von 16 Jahren besuchte ich die Fachschule für Land- und Forstwirtschaft in Hatzendorf. Schule und Internat waren 45 Kilometer von zu Hause entfernt. Zum ersten Mal in meinem Leben war ich weg vom Hof und lebte mit vier oder fünf Leuten in einem Zimmer. Beim Hinfahren war ich wehmütig, immer wieder hatte ich Heimweh.

Innerlich war ich zu diesem Zeitpunkt noch nicht für die Landwirtschaft reif. Ich interessierte mich daher nur wenig für die fachlichen Bereiche, doch in den Fächern Deutsch und Musik blühte ich auf.

Nach dem Abschluss dieser zweijährigen Ausbildung besuchte ich einen dreimonatigen Lehrgang für Erwachsenenbildung in Strobl am Wolfgangsee. Diese Schule gab es nur ca. 15 Jahre lang, sie war vom Landwirtschaftsministerium für Bauern eingerichtet worden.

Hier wurde ich mit neuen Themen konfrontiert, und mein Weltbild erweiterte sich nach außen. Der Direktor war ein ausgezeichneter Pädagoge. Trotz der kurzen Lehrgangsdauer konnte ich in viele Dinge hineinschnuppern: demokratische Grundsätze, Wertschätzung der Mitmenschen; wir mussten selbst Vorträge ausarbeiten und sie auch präsentieren. Fächer wie Psychologie und Philosophie, Rednerschule und Politische Bildung erschlossen mir neue Perspektiven für die Betrachtung des Lebens. Es waren für mich entscheidende Monate.

Ein Jahr später musste ich in Klagenfurt zum Bundesheer. Die Ausbildung zum Rekruten war mir zuwider. Das ständige Marschieren und Salutieren empfand ich schlichtweg als herabwürdigend. Auch das Gehabe der nicht selten alkoholisierten Unteroffiziere, die oft genug ein cholerisches Brüllen als pädagogisches Mittel einsetzten, verursachte mir körperliche Übelkeit. Lediglich den sportlichen Disziplinen konnte ich etwas abgewinnen. Mit einem jungen Offizier sportelte ich auch am Abend. Als Lastkraftwagenfahrer verbrachte ich dann meine Zeit bis zum Abrüsten.

Im Jahr 1971 hatte ich die Möglichkeit, über ein Austauschprojekt der Landjugend in Nürnberg auf einem Bauernhof zu arbeiten. In Nürnberg war man uns hinsichtlich der Technisierung der Landwirtschaft bereits zehn Jahre voraus. Hier wurde der Acker mit Kunstdünger gedüngt und für den Pflanzenschutz gab es Spritzmittel. Viele Bauern verpachteten landwirtschaftliche Flächen, da sie als Kleinbauern nebenher arbeiten gingen. Ich empfand das Bauernleben dort als sehr befremdlich, es schien mir eher fern von einer qualitativen Landwirtschaft zu sein, eine beziehungslose Landwirtschaft.

Jegliche Beziehung zur Natur und zu den Tieren ging dort durch das Profitdenken verloren. Zufriedenheit und Dankbarkeit gab es nicht. Stattdessen opferte man sich für das Wirtschaftswachstum auf; es schien keinen anderen Lebenszweck zu geben.

Alles musste wachsen: die Erträge, die Milchleistung, der Profit. Die Menschen hatten zunehmend ihre Beziehung zu Gott, dem Schöpfer verloren. So wurden sie selbst ärmer, geistig und emotional jedenfalls. Neid und Habsucht, die ich in meiner Kindheit nicht gekannt hatte, wurden spürbar. Das Gespräch und die Zeit miteinander nahmen ab, Nichtstun galt als Zeitverschwendung. Die Menschen orientierten sich nur mehr an dem, was Ertrag und materiellen Erfolg brachte. Das Leben hatte sich vom Sein zum Haben gewandelt. Da wurde mir klar, dass das nicht alles sein kann im Leben, das uns geschenkt wurde. Ich zweifelte in dieser Zeit an vielem, hatte aber keinen nennenswerten geistlichen Beistand.

Es gab wenig Kontakt und fast keine Gastfreundschaft mit den Nachbarn. Ich dachte mir: Wenn das auf uns zukommt, dann will ich damit nichts zu tun haben. Bei uns zu Hause wurde ja nur der eigene Boden bearbeitet.

Hans Imper, der Sohn des Nürnberger Bauern, war zur gleichen Zeit bei uns am Hof in Siebing. Er genoss den Aufenthalt sehr und hier vor allem unsere Gastfreundschaft. Später verzichtete er auf dazugepachtete Äcker und betrieb bis zu seiner Pensionierung einen zwar flächenmäßig kleinen, aber sehr erfolgreichen Spargel-Anbaubetrieb.

Die Bäuerin in Nürnberg, die Mutter von Hans, war evangelisch. Vorher hatte ich noch nie Kontakt mit nicht katholischen Menschen gehabt. Sie nahm sich jeden Tag eine Stunde Zeit für eine Bibellesung. Durch sie entdeckte ich auch für mich das Bibellesen. Sie war eine sanftmütige Seele von einem Menschen.

Ich erinnerte mich damals an meine Firmung im Alter von zwölf Jahren. Ich hatte mich in den Wochen zuvor gut darauf vorbereitet, Fragen und Antworten auswendig gelernt. Aber meine Erwartung, an jenem Tag den Heiligen Geist spürbar zu erfahren, wurde nicht erfüllt. Das war alles? Nur Tradition? Mit Bravsein und der Messe am Sonntag ist es genug? Das alles fragte ich mich. So entstand langsam in mir die Sehnsucht und der Wunsch aufzubrechen, in die weite Welt hinauszugehen und Ausschau nach etwas Größerem zu halten.

Damals hatte ich bereits die konkrete Sehnsucht nach der Ferne in mir herumgetragen, ohne je mit jemandem darüber zu reden. Es musste doch mehr geben als nur diese materielle Wertvorstellung, von der ich mich eingeengt fühlte. Ich hatte zwar keinen Plan, keine Sicherheit, keine Voraussetzungen für ein solches Vorhaben. Ich war nur innerlich beseelt von diesem Wunsch, es doch zu wagen, aus heutiger Sicht wahrscheinlich eine Mischung aus Blauäugigkeit und Naivität. Doch jeder erste Schritt beginnt mit einem Gedanken, der schließlich zu einer Entscheidung werden kann.

Meine Reise nach England

Der erste Aufbruch ins Ungewisse

Ich war inzwischen 23 Jahre alt geworden. Ich hatte immer zu Hause in der Landwirtschaft mitgearbeitet, ausgenommen die Zeit, die ich in den Schulen, beim Militär und bei meinem Austausch-Aufenthalt in Deutschland verbracht hatte. Mein Vater war zwar schon 68 Jahre alt, aber noch in sehr guter körperlicher Verfassung. Allein wäre ihm die Arbeit am Hof allerdings zu viel gewesen. Mein älterer Bruder Toni war schon mehrere Jahre außerhalb berufstätig. Darum musste ich mit meinen Reiseplänen warten, bis mein jüngerer Bruder Sepp vom Militärdienst zurückkommen und den Hof mit meinen Eltern gemeinsam weiter bewirtschaften würde.

Im Februar des Jahres 1973 war es dann so weit. Als Vorbereitung für meine geplante große Reise um die Welt wollte ich zuerst für sechs bis sieben Wochen nach England fahren. Zum Ersten, um die mir fast völlig unbekannte Sprache Englisch zu lernen (in der achtklassigen Volksschule gab es damals noch keinen Englischunterricht) und zum Zweiten, um Erfahrungen zu sammeln, wie es ist, alleine und mit sehr wenig Geld zu reisen.

Das Packen war rasch erledigt. Im Rucksack hatte ich neben ganz wenig Wechselgewand einen Schlafsack, einen Laib Brot, ein Rexglas mit „Verhackertem“ sowie Selchwürste und ein paar hundert Schilling (ca. 50 EUR) verstaut. Zwei Freunde aus dem Dorf, Toni List und Hans Patz, brachten mich an einem Sonntagabend mit dem Auto zur Grenze nach Spielfeld. Ich wollte ja per Anhalter nach England kommen. Dort parkten viele LKWs über das Wochenende, die wegen des Wochenendfahrverbots erst ab 22 Uhr weiterfahren durften.

Ich hatte Glück: Ein türkischer LKW-Fahrer, der zudem noch recht gut Deutsch sprach, nahm mich bis Stuttgart mit. Wegen der damals in Österreich noch nicht vorhandenen Autobahn und den langen Grenzwartezeiten dauerte diese Fahrt ca. 20 Stunden, die der Fahrer praktisch ohne Stopp bewältigte.

Auf einem großen Parkplatz in Stuttgart fand ich einen anderen LKW, der mich direkt nach Dover brachte, wo wir am Dienstag ankamen. Die Fahrer beider LKWs ließen mich auf ihren Pritschen schlafen, sodass ich gut ausgeruht war. Von Dover aus nahm ich den Zug nach London.

In der Victoria Station angekommen, musste ich feststellen, dass mein Englisch nicht einmal für eine einfache Kommunikation ausreichte. Sprachlich isoliert und einsam ging ich in Richtung Hydepark, wo ich viele Menschen ansprach in der Hoffnung, dass jemand in meiner Muttersprache antworten würde, leider ohne Erfolg. Am Abend suchte ich einen Schlafplatz im Park, als ein Mann auf mich zukam und mir anbot, bei ihm zu schlafen. Ich begleitete ihn in seine Wohnung, bekam einen Toast zu essen und merkte bald, dass mein Gastgeber sexuelle Absichten hatte. Ich war noch nie in so einer Situation gewesen. Schließlich konnte ich ihm erklären, dass das mit mir nicht geht, durfte dann aber trotzdem auf dem Teppichboden im Schlafsack für zwei Nächte in seiner Wohnung bleiben.

Untertags schaute ich mir London und einige Museen an. Vor allem das British Museum mit seinen Schätzen aus Ägypten faszinierte mich. 3000 Jahre Geschichte! Noch dazu war der Eintritt frei, sodass mein Reisebudget nicht belastet wurde. Gerne wäre ich dort mehrere Tage geblieben.

Doch ich verließ London per Anhalter in Richtung Oxford, das mir lediglich vom Namen her ein Begriff war. Ich wollte aufs Land, um bei Bauern zu arbeiten und Anschluss an Familien zu bekommen. Das war jedoch viel schwieriger als ich es mir vorgestellt hatte. Ich wanderte von Farm zu Farm, immer mit derselben Frage, die mir ein Londoner auf ein Blatt Papier geschrieben hatte. Als Antwort bekam ich von allen Landwirten immer dasselbe zu hören: „Go away! We don't need anyone!" Natürlich war der Februar eine sehr ungünstige Zeit, um auf einer Farm Arbeit zu finden.

So marschierte ich acht Tage lang erfolglos umher. Nachts schlief ich in Scheunen. Zum Essen hatte ich Brot und etwas „Verhackert". Die Februar-Nächte waren kalt. Bereits um zwei Uhr in der Früh stand ich auf, lief umher und versuchte meinen Körper warm zu halten, ich hatte ja nur einen Anorak mit. Psychisch war ich zu diesem Zeitpunkt auf dem Tiefpunkt: wenig Schlaf, wenig zu essen und die Kälte. Das führte dazu, dass ich an meiner Unternehmung stark zweifelte.

Schließlich war ich zu Fuß in Oxford angekommen und sah mir die Stadt an. In einer Kneipe gesellte ich mich zu Studenten, die etwas Deutsch sprachen und mich auf einen Tee einluden.

Hier in Oxford dachte ich intensiv darüber nach, wie es jetzt weitergehen sollte, wohin ich mich wenden und wo ich schlafen könnte. Ich nannte das später mein „Oxford-Studium".

Meine Erfahrung mit geschenktem, bedingungslosem Vertrauen

Nach einer Nacht unter einem Hallenvordach verließ ich Oxford zu Fuß, um wieder bei Farmen Arbeit zu suchen. Der Tag war regnerisch; völlig durchnässt erhielt ich eine Abfuhr nach der anderen.

Abends, innerlich schon heulend, fragte ich in der Gegend um Steventon einen Mann bei der Posthaltestelle nach der nächstgelegenen Farm. Er zeigte mir den Weg. Die Farm lag etwa einen Kilometer entfernt. Durch die Dunkelheit stolpernd fand ich schließlich dorthin und gab mein Sprüchlein zum Besten. Der Bauer namens Alan reagierte mit einer Frage, die ich verständnislos mit „Yes" beantwortete. Im Nachhinein glaube ich, dass „painting" in dem Satz vorgekommen ist. Zu meiner großen Überraschung hieß er mich mit Gesten willkommen und setzte mir Speck mit Eiern sowie eine Tasse Tee vor. Danach zeigte er mir ein Zimmer mit Dusche und erklärte, dass er zwei Töchter habe, die schon schliefen, und dass er und seine Frau gerade auf dem Weg zu einer Party seien.

Ich bezog das Zimmer, duschte nach zwei Wochen das erste Mal wieder und legte mich ins Bett. Mir flossen vor Rührung die Tränen übers Gesicht, dass diese Familie, der ich doch völlig fremd war, mir so großes Vertrauen entgegenbrachte.

Ich blieb ganze sechs Wochen bei dieser Familie und wurde für Hausmeistertätigkeiten eingesetzt. Ich strich Wände und Türen und half ein wenig bei der Versorgung der hundert Kühe und von ebenso viel Jungvieh. Als Gegenleistung durfte ich mich dort wie zu Hause fühlen. Ich bekam zu essen und hatte ein Dach über dem Kopf. Alan war ein richtiger Gentleman seiner Frau gegenüber. Er servierte ihr tagtäglich Black Tea und Cookies am Morgen ans Bett. Im Umgang mit mir bemühte er sich, langsam zu sprechen und mir mit viel Geduld immer wieder alles gut zu erklären, da ich der englischen Sprache ja kaum mächtig war.

Die sechs Wochen vergingen schnell. Mein Arbeitgeber wollte mir noch Geld mit auf den Weg geben, was ich dankend ablehnte. Denn er hatte mir bereits das schönste Geschenk, nämlich Vertrauen, mit auf den Lebensweg gegeben. Dies war der Grundstein für meine Zukunft.

Zum Abschied versprach ich, ihn und seine Frau zu meiner Hochzeit in ferner Zukunft einzuladen, worüber das liebe Ehepaar schmunzelte. 17 Jahre später wurde das Versprechen eingelöst, und sie feierten gemeinsam mit ihrem Sohn unsere Hochzeit in Siebing mit.

Nun fuhr ich per Anhalter wieder nach Dover und von dort mit einem Amerikaner weiter nach Paris. Auf den Stufen von Notre Dame verbrachte ich die Nacht im Schlafsack. Über die Schweiz, Vorarlberg und Nürnberg, wo ich meine Austauschbauernfamilie Imper besuchte, ging es weiter nach Oberösterreich und Wien. Dort besuchte ich den ehemaligen Siebinger Franz List, der zu dieser Zeit in der Otto-Mühl-Kommune lebte. In dieser einen Nacht dort wurde viel geraucht und über kommunistische Ideen debattiert. Otto Mühl lenkte seine Gruppe wie ein Diktator. Wegen meiner Kenntnisse in der Landwirtschaft wollte man mich gleich in die Gruppe aufnehmen, ich aber fand die ganze Situation dort abstoßend.

Danach ging es Richtung Süden in meine Heimat. Meine Familie empfing mich sehr erleichtert. Diese erste Reise machte mir deutlich, dass ich die Generalprobe für eine Weltreise bestanden hatte.

Bis Ende Mai blieb ich zu Hause, legte im Wald eine

Douglasien-Kultur von einem Hektar an, zäunte diese ein und pflanzte in den Zwischenräumen Christbäume. Meinen alten VW-Käfer baute ich zu einem „Wohnmobil" um: Er erhielt einen Liegesitz und einen zweiten Tank. Nachdem ich noch ein Zelt und zwei Gaskocher besorgt hatte, brach ich am 29. Mai 1973 auf, mit umgerechnet 700 Euro in der Tasche und dem Ziel, die Erde zu umrunden. Zuerst wollte ich Asien erreichen. Aber dazu sollte es nicht kommen, die Reise endete in Indien in einer Katastrophe.

Ich wählte dieses Datum bewusst, da exakt zwanzig Jahre zuvor Edmund Hillary und Sherpa Tenzing Norgay als Erste den Mount Everest bestiegen hatten. Wegen seines sensiblen Umganges mit den Menschen und der Kultur dieser Region war mir Edmund Hillary ein großes Vorbild.

Aufbruch nach Asien

Genaue Reisepläne gab es nicht, ich wusste nur, dass es eine Weltreise werden sollte. Zuerst nahm ich mir Indien vor, dann sollte es per Schiff nach Australien und von dort über Süd- und Nordamerika wieder nach Hause gehen. Zeitlich hatte ich keine konkreten Vorgaben. Da ich ja immer wieder würde arbeiten müssen, dachte ich an eine Dauer von zwei bis drei Jahren.

Der Abschied von daheim fiel mir und auch den anderen recht schwer.

Nun ging es zunächst durch das ehemalige Jugoslawien bis Belgrad, wo ich mir das Endspiel von Inter Mailand gegen Ajax Amsterdam ansah. Weiter fuhr ich über Niš nach Bulgarien. In Sofia blieb ich einen Tag lang, von dort ging es weiter nach Griechenland, vorbei an Thessaloniki bis zum Berg Olymp. Hier stellte ich das Auto ab und wanderte mit ein wenig Proviant im Rucksack bis zu einer Hütte auf 2000 m Höhe. Hier wollte ich den Sommer über arbeiten, doch ein Amerikaner war mir mit derselben Absicht zuvorgekommen.

Am nächsten Tag bestieg ich mit einer Gruppe den Gipfel von 2918 Höhenmetern. Nach dem Abstieg besuchte ich die Klöster von Meteora, die heute zum UNESCO-Weltkulturerbe gehören.

Im Dorf Vasiliki, zehn Kilometer weiter, blieb ich eine Woche lang bei einem Kleinbauern und half bei der Getreideernte mit. Er besaß einen alten Ferguson-Mähdrescher, und ich musste die Körner absacken. Die Felder waren klein. Viele von den Männern hier waren als Gastarbeiter in Deutschland gewesen, so konnte ich mich gut verständigen. Sehr oft wurde man eingeladen, dann gab es Brot, Schafskäse, viel Knoblauch und türkischen Kaffee mit Anisschnaps und abends einen Retsina, den würzig geharzten Weißwein.

Danach ging es weiter bis Athen. Das Auto musste ich für ein Service in einer Werkstatt lassen, und so ging ich mit dem Schlafsack auf die Akropolis, wo ich auf einem Stein die Nacht verbrachte. Ich schlief auf einem Kultur-Boden mit einer 2500-jährigen Geschichte. Solche alten Bauten und Tempel bringen mich noch heute zum Staunen. Mit welchen Mitteln hat man früher Felsblöcke mit einem Gewicht von bis zu 20 Tonnen behauen und transportiert?

Und die Gedanken der griechischen Dichter und Philosophen flößten mir großen Respekt ein. Wie etwa Homer, Sokrates, Plato und Aristoteles, der auch das Christentum und große Theologen, wie Augustinus und Thomas von Aquin, beeinflusste. In Athen wurde auch die erste Demokratie gegründet mit der Idee, dass alles Recht vom Volk, der Polis, ausgeht.

Am nächsten Tag fuhr ich nach Korinth, von dort über die Ausgrabungsstätte Mykene und die Stadt Argos zu einem

Kloster namens Elonis, wo ich die Nacht verbrachte. Doch gleich danach ging es weiter nach Süden bis nach Poulithra, einem kleinen Fischerdorf, wo ich mein Zelt aufbaute. Dort genoss ich das Meer, unterhielt mich mit den Fischern und hatte Zeit, meinen Englischwortschatz zu verbessern. Manchmal half ich den Fischern, die Netze einzuziehen und zusammenzulegen.

Trotz des wunderschönen Strandes und der vielen Freizeit fiel ich in diesen Tagen in eine starke Depression mit düsteren Gedanken. Ich konnte mit meiner Freiheit nicht umgehen, es fehlte mir die Struktur eines geregelten Tagesablaufes. Ich fühlte mich zudem sehr einsam. Ich hatte zwar bisher auf meiner Reise schon wunderbare Dinge erlebt, aber es war niemand da, mit dem ich mich hätte austauschen können. Ich träumte ständig von der Heimat. Ja, ich hatte Heimweh, und das machte mir auch später in der Fremde noch oft zu schaffen; es wurde aber zunehmend schwächer. Zu Hause hatte alles seine Ordnung und ich fühlte mich gebraucht. Das fehlte mir nun, und deshalb konnte ich den Augenblick nicht genießen.

Istanbul, das Tor zum Orient

Das Ziel, eine Weltreise zu machen, war aber stärker als das Heimweh. Ich fühlte mich innerlich getrieben und wollte immer weiter in Richtung Indien. So baute ich mein Zelt ab und machte mich auf den Weg in die Türkei. Bei der Einreise war ich sehr misstrauisch und hatte ein ungutes Gefühl, was wahrscheinlich daran lag, dass die Griechen oft schlecht über die Türken geredet hatten.

Zugleich war ich von Land und Leuten fasziniert. Es war mein erster Kontakt mit der islamischen Welt und dem Orient. Besonders interessierte mich der orientalische Bazar mit seinen Gerüchen und Farben, den Gewürzen, Tüchern und Teppichen. Ich fühlte mich ein bisschen wie in die Märchen von „Tausend und einer Nacht“ versetzt. Täglich verbrachte ich viel Zeit darin.

In Istanbul blieb ich fast eine Woche, stellte mein Auto in der Altstadt ab und schlief jeden Tag darin. Da wegen der Liegesitze im Auto kein Platz für Gepäck war, verstaute ich es auf dem Dach. Einmal wollten drei Männer in der Nacht mein Gepäck vom Autodach stehlen, da schaltete ich die Sirene ein, die ich zu Hause in mein Auto eingebaut hatte. Sie liefen zwar auf und davon, doch mit dem Schlafen war es vorbei.

Istanbul war damals eine Drehscheibe für Hippies aus Europa und Amerika. Viele waren auf dem Weg nach Indien oder kamen gerade von dort. Es war für mich sehr leicht, mit ihnen in Kontakt zu treten und von ihren Erfahrungen, mit wenig Geld weit zu reisen, zu profitieren. Obwohl es schöne Gespräche mit ihnen gab, störte mich das dauernde Haschisch-Rauchen sehr.

Trotz der faszinierenden Umgebung und der vielen Kontakte tagsüber, handelten die Träume fast immer vom Zuhause, das Heimweh machte mir immer noch schwer zu schaffen.

Im Kibbuz in Israel

Ein Holländer, der auf der Rückreise aus Israel war, machte mich darauf aufmerksam, dass jetzt gerade die heißeste Zeit in Indien beginnen würde. Ich sollte doch den Sommer in Israel verbringen, dort könne man in einem Kibbuz leicht

Arbeit finden. Darum änderte ich meine Pläne, mein nächstes Ziel hieß Israel.

Am 2. Juli brach ich auf und fuhr bis Ankara. Hier musste ich mein Auto am Zollamt stehen lassen, da ich sonst nicht hätte ausreisen dürfen. Abends fuhr ich mit dem Zug nach Andana, denn dort gab es sehr billige Flüge über Zypern nach Israel. Allerdings musste ich zwei Tage auf den Abflug warten.

So nahm ich meinen Rucksack und marschierte in die Nähe eines Dorfes, wo ich mein Lager unter einem Baum aufschlug. Gleich waren Kinder und Frauen da und brachten mir zu essen und zu trinken. Abends ging ich in die Stadt, einige Burschen hatten mich zu einem Freiluftkino eingeladen und danach auf ein Bier. Sie wollten mir einen Joint zum Rauchen geben, ich lehnte jedoch ab. Sie luden mich zu sich ein, unterwegs aber bekam ich in den dunklen Gassen ein ungutes Gefühl und fürchtete, sie könnten mich ausrauben. Deshalb lief ich an einer Wegbiegung davon und kehrte um zwei Uhr morgens zu meinem Schlafplatz zurück.

In der Früh wurde ich von Kindern geweckt. Sie kamen mit Tisch, Stuhl und Wasser zum Waschen. Dann brachten sie mir Weißbrot mit Käse und Tee. Ich fühlte mich wie ein König. Wir kommunizierten auf jene nonverbale Art, die jede Begegnung besonders macht. Mir scheint, dass solche Begegnungen mit Menschen ohne Vorbehalte ein besonderer Lohn in meinem Wanderleben waren.

Der Flug ging über Nikosia nach Tel Aviv, wo die Maschine um 21 Uhr landete. Ich schlief im Freien, wo ich in der Früh herrlich schmeckende, reife Orangen von den Bäumen pflückte und verspeiste. Per Autostopp ging es zum Kibbuz Givat Hajim in der Nähe von Hadera, ca. 50 km nördlich von Tel Aviv. Israel war auf meiner Reise das Land, in dem man am leichtesten autostoppen konnte. Es dauerte meist nur wenige Minuten, bis man mitgenommen wurde. Sogar Militärfahrzeuge nahmen Leute mit.

Ich meldete mich bei der Leitung des Kibbuz und wurde als einer von 30 Volontären aufgenommen, die gegen Kost und Quartier in der Landwirtschaft mithelfen sollten.

Man teilte mich zur Obsternte ein, die von einer Hebebühne aus erfolgte. Wegen der hohen Temperaturen wurde jeweils von fünf Uhr morgens bis dreizehn Uhr gearbeitet.

Wir Volontäre schliefen in eigenen Scheunen mit sehr bescheiden Räumen, in denen es jeweils fünf Stockbetten gab. Die knapp 300 ständigen Mitglieder des Kibbuz lebten in Familien in kleinen, bescheidenen Holzhäusern. Gekocht und gegessen wurde gemeinsam in einem großen Speisesaal. Es gab praktisch kein privates Eigentum, alles gehörte dem Kibbuz.

Es bestand keine Notwendigkeit den Kibbuz zu verlassen, denn dort gab es fast alles, was man brauchte: einen Arzt, Kindergarten, Schule, Kino und Tennisplätze. Zum ersten Mal erlebte ich dort, dass Babys mit einem Jahr bereits tagsüber in Krabbelstuben betreut wurden. Es gab auch eine große unterirdische Bunkeranlage zum Schutz, im Falle eines militärischen Angriffs.

Für die Arbeit bekamen die „Kibbuznikim“ ein kleines Entgelt. Die älteren Leute waren damit zufrieden, viele Junge aber wollten ihren eigenen Besitz haben und verließen den Kibbuz, sehr oft in Richtung USA.

Ich besuchte viele alte Juden, die aus Österreich gekommen waren und nun hier im Kibbuz lebten. Sie erzählten mir viel über die Verfolgung im Zweiten Weltkrieg und über den Holocaust. In der Schule hatte ich noch nichts darüber gehört. Hier begriff ich erst, worüber in Österreich geschwiegen wurde. Das waren Menschen, die bis zu vier Fremdsprachen sprachen, künstlerisch, kulturell und musikalisch gebildet waren. Ich hörte mit ihnen Musik auf Plattenspielern, manche spielten auch selbst Klavier. In den Gesprächen mit ihnen blühte ich auf.

Da ich Christ war, musste ich neben den ohnehin freien Tagen Freitag und Samstag auch am Sonntag nicht arbeiten. So hatte ich jede Woche 2 bis 3 Tage Zeit, das Land Israel per Anhalter zu erkunden. So kam ich nach Jerusalem, nach Bethlehem, zum Toten Meer, nach Jericho und zum See Genezareth. Die Festung Masada liegt auf einem Felsplateau, 350 m hoch über dem Toten Meer. Aus Kostengründen nahm ich nicht die Gondelbahn, sondern stieg zu Fuß hinauf. Allerdings hatte ich die Hitze von über 40 °C und die Anstrengung des Wanderns in der prallen Sonne entlang der schattenlosen Felswand unterschätzt, sodass die mitgenommenen Wasservorräte bald zu Ende waren. Mit letzter Kraft erreichte ich die Festung. Die Leute dort erkannten gleich meinen Zustand und versorgten mich mit Wasser.

Über Persien nach Afghanistan

Am 2. September 1973 flog ich in die Türkei zurück, etwas mehr als ein Monat, bevor der Yom-Kippur-Krieg ausbrach. In Ankara, wo ich in einem Park geschlafen hatte, wurde mir mein Rucksack mit allen Papieren und der Kamera gestohlen. Deshalb gibt es auch von meiner ganzen Reise nur die drei Filme, die ich bereits von Israel aus nach Hause geschickt hatte. Mein Geld hatte ich Gott sei Dank in einer Umhängetasche an der Brust verwahrt. Ich hatte nun keine Papiere mehr, und um meine Fotoausrüstung tat es mir auch sehr leid. Es dauerte vierzehn Tage, bis ich neue Papiere, Führerschein und Reisepass ausgestellt bekam.

Geld brauchte ich in diesen zwei Wochen, wie dann auch weiterhin fast überall im arabischen Raum, praktisch keines. Ich schlief entweder im Freien oder bei Studenten in deren Zimmern. Die großartige Gastfreundschaft der Leute führte dazu, dass ich sehr oft zum Essen eingeladen wurde, nur manchmal musste ich mir für sehr wenig Geld ein Brot kaufen. Getrunken habe ich auf der ganzen Reise immer nur Wasser.

Im Konsulat bot man mir mehrmals an, mir das Geld für die Heimreise mit dem Zug zu geben. Meine Vision von der Weltreise war aber viel stärker, sodass ich das Angebot ablehnte und weiterreiste, sobald ich meine Papiere in Händen hielt.

Am 21. September 1973 machte ich mich per Anhalter auf den Weg in den Iran. Das Auto ließ ich zurück, weil ich keine Papiere mehr dafür hatte. Bis heute weiß ich nicht, was mit ihm geschehen ist. Ich fühlte mich aber ohne Auto freier, ich sah es in der Nachbetrachtung eher als Hindernis.

Nach einstündiger Wartezeit nahm mich ein persischer Arzt in seinem neuen Mercedes bis nach Teheran mit. Für die über 2000 km lange Fahrt brauchten wir vier Tage. Er schlief unterwegs immer in guten Hotels, ich unter freiem Himmel. Jeden Morgen beklagte er sich über den schlechten Zustand des jeweiligen Hotels. Ich gab ihm zu bedenken: „Schau, du bist reich und schläfst in einem Drei-Sterne-Hotel. Schau mich an, ich habe nichts und schlafe unter 1000 Sternen."

In Teheran trennten sich unsere Wege. Von Ankara aus hatte ich meinen Eltern geschrieben, dass mir alles gestohlen worden war und ich auch das Auto dort zurückgelassen hatte. Hier in Teheran erwartete mich ein postlagernder Brief von meinen Eltern, in dem sie mich dringend baten, doch umzukehren und nach Hause zu kommen. Ich schrieb nur zurück, dass ich nach Afghanistan weiterreisen würde und dass sie sich keine Sorgen zu machen brauchten.

Um mit meinen Eltern in Kontakt bleiben zu können, informierte ich sie immer über meine nächsten Ziele. Das Abholen der postlagernden Briefe funktionierte immer gut. Allerdings enthielten die Briefe kaum Neuigkeiten, fast immer baten mich die Eltern nur, zurückzukommen.

In Teheran blieb ich nur ein paar Tage, um mein Visum für Afghanistan zu erhalten. Fasziniert hat mich hier der Bazar, der noch größer war als jener in Istanbul.

Damals regierte noch der Schah von Persien. Der Unterschied zwischen Reich und Arm war viel größer als in den anderen Ländern meiner Reise. Den Prachtbauten, einem offen zur Schau gestellten luxuriösen Lebensstil und teuren westlichen Autos in den Zentren standen schmutzige und chaotische Wohngebiete außerhalb der Stadtzentren gegenüber. Der Arzt, der mich nach Teheran mitgenommen hatte, erzählte mir zum Beispiel, dass seine Frau zur gleichen Zeit nach Paris geflogen war, um sich neu einzukleiden.

Für mich ging es mit Mitfahrgelegenheiten weiter über die Berge zum Kaspischen Meer, das unter dem Meeresspiegel liegt. Dafür sind die Berge hier umso höher. Der Damavand erhebt sich mehr als 5.600 Meter über den Meeresspiegel. In dieser fruchtbaren Gegend blieb ich eine Weile, bevor ich mich weiter nach Osten in Richtung der iranischen Stadt Mashhad aufmachte. Etwa 30 km vor der Stadt hatte der LKW, in dem ich mitfahren durfte, einen Achsbruch, sodass ich und die übrigen Mitreisenden die restliche Strecke zu Fuß bewältigen mussten. Die LKWs in dieser Gegend waren fast alle wie ein Christbaum geschmückt. Über der Führerkabine gab es eine Plattform, auf der Leute nicht nur gratis mitfahren, sondern auch schlafen durften.

Bereits am 28. September erreichte ich die ca. 1000 Kilometer von Teheran entfernte Grenze zu Afghanistan bei Herat.

Dieses Land war ein richtiger Zivilisationsschock für mich. Es gab keine PKWs, sondern nur Pferdekutschen, nachts waren die Straßen dunkel, es gab in den Ortschaften außerhalb von Kabul keinerlei Beleuchtung. Die Frauen waren mit der Burka total verhüllt, man konnte höchstens die Finger sehen. Viele Menschen lebten hier noch als Nomaden, die im Sommer mit ihren Herden in das Hochland des Hindukusch zogen.

Für den Personentransport gab es allerdings Busse. Drinnen saßen die Frauen und Kinder. Die Männer mussten auf das Dach, wo das Gepäck mit Stricken fixiert war. Man saß auf dem Gepäck und hielt sich an den Stricken fest. Für den Bus von Herat über Kandahar nach Kabul, das sind immerhin 1000 km, zahlte ich umgerechnet knapp 5 €.

Ich blieb nur ein paar Tage in Kabul, um mich in der neuen Umgebung zurecht zu finden. Da Kabul auf etwa 1.800 Metern Höhe liegt, konnte ich in Tagestouren einige der umliegenden Dreitausender besteigen. Ich übernachtete in einem Hostel für umgerechnet 50 Cent pro Nacht. In dieser Zeit las ich viel, ich holte mir die Werke von Goethe aus dem Goethe-Institut. Am meisten interessierten mich philosophische Bücher.

Mit einem LKW ging es dann weiter in Richtung Norden nach Marsa Sharif. Mehr als zwei Jahrtausende zuvor war schon ein anderer Abenteurer dort gewesen, nämlich Alexander der Große um 320 v. Christus.

Ein paar Tage lang schloss ich mich einer Nomadensippe an. Mehrere Familien lebten in weniger als zehn Zelten zusammen. Die ganze Arbeit wurde praktisch nur von den Frauen geleistet. War man dort einmal vom Stammesführer akzeptiert und aufgenommen, wurde man mit Nahrung versorgt und erhielt eine Schlafstelle im Vorzelt – das innere Zelt war immer ganz geschlossen und blieb ausschließlich den Frauen vorbehalten.

Die Männer saßen fast den ganzen Tag herum und rauchten Pfeife. Nur die jüngeren Männer mussten gelegentlich zu den Herden reiten, um diese zu überwachen.

Das Pferd war dort das wichtigste Fortbewegungs- und Transportmittel. Die Männer waren äußerst geschickte Reiter, sie verwendeten keine Sättel.

Ein Höhepunkt für die dortigen Menschen war der Pferdekampfsport Buzkashi. Er erinnert entfernt an Rugby, nur wird auf Pferden geritten und statt des Balls kommt eine tote Ziege zum Einsatz.

Eine tote Ziege, die zuerst in der Mitte des Kampffeldes platziert wird, muss in einem der beiden gekennzeichneten Felder abgelegt werden. Dazu versucht einer der Reiter den Kadaver in vollem Galopp vom Boden aufzuheben und damit zum Ziel hinzureiten. Regeln gibt es praktisch nicht. Die Peitsche darf gegen Mensch und Tier verwendet werden, Pferd und Reiter dürfen gerempelt und abgedrängt werden. Trotz vieler Knochenbrüche und sonstiger Verletzungen war dieser Sport sehr populär, die Sieger wurden wie Helden geehrt, allerdings nur von den anderen Männern. Frauen waren von der Veranstaltung ausgeschlossen.

Eigentlich wollte ich mit den Nomaden vom Norden zurück nach Kabul reisen, aber das Leben mit ihnen war mir einfach zu langweilig. Ich konnte nur herumsitzen und nicht einmal mit den Leuten sprechen.

Also machte ich mich mit LKWs auf den Rückweg nach Kabul. Es hatte bereits die Zeit des Fastenmonats Ramadan begonnen. Die Leute waren meist sehr aggressiv, und ich bekam sogar einmal eine Ohrfeige, da ich am Tag Wasser getrunken hatte. Im selben Dorf wurden in meiner Nähe sogar vier Franzosen von der aufgebrachten Menge geköpft, weil sie öffentlich gegessen hatten. Die Täter wurden freigesprochen.

Allerdings kamen einmal drei Afghanen in mein Zimmer im Hostel. Ich musste für sie in meinem Namen Essen bestellen, das sie dann heimlich in meinem Zimmer aßen.

Pakistan

Meine Lust zu bleiben war mir vergangen, und ich reiste per LKW-Anhalter nach Kabul, um ein Visum für Pakistan zu beantragen.

Am 20. Oktober verließ ich Kabul und fuhr über den Chaiber-Pass nach Peschawar, eine Grenzstadt in Pakistan. Hier wohnte ich in der Altstadt im Nationalhotel für zwei Rupien (ca. 20 Cent) pro Nacht. In der Stadt lernte ich Karl Wutt kennen, der schon öfter hier gewesen war und das Volk der Kalasha im Hindukusch erforschte. Wir beide fuhren mit einem Jeep nach Chitral; vor uns lag der wunderschöne Berg Tirich Mir (7708 m), der höchste Berg des Hindukusch. Von hier aus ging es zu Fuß ins Tal nach Bumareth.

Die Kalasha verstehen sich als Nachfahren Alexanders des Großen, weil sich seine Soldaten, nachdem sie das Gebiet erobert hatten, mit dem Volk vermischt hätten. Die Frauen grüßten uns dort mit „Sparta".

Bei diesem Volk geht es sehr friedlich zu. Die Kalasha verehren ihre eigenen Götter, die Frauen sind geachtet, dürfen sich den Mann selbst aussuchen und gegebenenfalls auch verlassen. Lediglich während der Menstruation gelten sie als unrein und müssen die Zeit abgeschottet in einem eigenen

Haus am Rande des Dorfes verbringen, wo sie von den anderen mit Nahrung versorgt werden.

Damals lebten dort nur noch ungefähr 3000 Menschen, ganz abgeschieden, in drei kleinen Tälern und fünf Dörfern. Die Frauen und Mädchen spannen oder webten auf dem Dorfplatz, sie trugen auch schönen Schmuck, es wurde viel gesungen und getanzt. Die Männer arbeiteten im Wald und bearbeiteten die Holzstämme, die sie für den Hausbau brauchten. Die kleineren Mädchen hüteten die Schafe und spielten dabei die Flöte, während die Buben für die Ziegen zuständig waren. Alle Kinder gingen barfuß.

Zur damaligen Zeit wurden die Toten nicht begraben, sondern man stellte die offenen Särge einfach in den Friedhof.

Bekannt sind die großen Feste der Kalasha. Auch ich durfte Gast bei einer mehrtägigen Hochzeit im Nachbartal sein. Viele Leute aus dem Dorf machten sich gemeinsam auf den Weg über die Berge. Jeder Mann hatte sein Gewehr mit. Immer wieder wurde während der Hochzeitsfeier die eigene Zielgenauigkeit mit Schüssen auf Dosen getestet. Zu essen gab es Fleisch in rauen Mengen und Fladenbrot. Getrunken wurde Rotwein, den wir zuvor von wilden Reben geerntet und gekeltert hatten. Alle Gäste verbrachten die Nacht im Freien auf dem Boden neben der Feuerstelle.

Ich durfte die paar Wochen im Haus des Stammesführers wohnen. Der Unterbau war aus Stein, der Oberbau aus Holzstämmen. Oben wohnte und schlief die Familie. Gekocht wurde an einer offenen Feuerstelle. Da es allerdings keinen Rauchabzug an der höchsten Stelle gab, war der obere Teil des Raumes immer voller Rauch. Viele Leute litten wahrscheinlich deshalb an entzündeten Augen. Ich war froh, im Untergeschoss schlafen zu dürfen.

Am 27. November verließ ich den Ort und unternahm einen Tagesmarsch nach Chitral. Da der Lahory-Pass verschneit und über den Winter geschlossen war, flog ich von dort aus mit vier anderen Passagieren in einem winzigen Flugzeug nach Peschawar. Von dort reiste ich mit dem Zug weiter nach Islamabad und Lahore. Schließlich betrat ich genau sechs Monate nach meiner Abreise indischen Boden.

Nepal

Ich blieb allerdings nur ein paar Tage in New Delhi, um mir ein Visum für Nepal zu besorgen. Hier beeindruckte mich das Gedränge der Menschen in den Straßen – das totale Chaos, wie mir schien, und dennoch funktionierte der Alltag.

Über Benares ging es mit dem Zug nach Patna, wo ich auf einer Fähre den Ganges überquerte, dann überschritt ich in Rauxaul die Grenze zu Nepal. Mit einem Lastwagen ging es hinauf nach Kathmandu, wo ich um Mitternacht ankam. Ich sah mir einige Tage lang die Stadt mit ihren schönen, aus Holz geschnitzten Tempelanlagen an. Nachdem ich mir einen Trekking-Pass besorgt hatte, ging es auf einem Lastwagen nach Pokhara, von dort hinein in die Berge und von der Annapurna-Region weiter nach Norden in Richtung Tibet, in das ich leider nicht einreisen durfte.

Mehr als zwei Monate blieb ich in dieser Region, wanderte und half auch auf Bauernhöfen mit, vor allem beim Pflügen der Reisfelder. Zuerst pflügte man die unter Wasser stehenden Felder, dann wurden sie mit einer kleinen dreizinkigen Egge weiterbearbeitet. Gezogen wurden die Geräte von Kühen. Danach drückte man die Reispflanzen in einem Abstand von ca. 10 cm mit den Händen in die Erde. Den ganzen Tag stand man barfuß im Wasser. Die Felder waren in

Terrassen angelegt und hatten jeweils eine Größe von etwa 500 m². Einer im Dorf war dafür zuständig festzulegen, welches Feld wann unter Wasser gesetzt werden darf.

Jedes Dorf hatte eine eigene Wassermühle, in der der Weizen für das Fladenbrot gemahlen werden konnte. Daneben wurden noch etwas Mais und Gemüse angebaut. Einmal kochte ich sogar einen steirischen Sterz – allerdings ohne Grammeln.

Den Heiligen Abend verbrachte ich in Jomsom.

Alles Notwendige wurde hier von Trägern, den Sherpas, zu den Dörfern gebracht. Umgekehrt wurden Reis und Weizen von vier bis fünf Sherpas auf dem Rücken ca. eine Woche lang barfuß nach Pokhara getragen. Etwa 50 kg trug jeder Sherpa auf dem Rücken. In Pokhara tauschte man das Getreide gegen Dinge des täglichen Bedarfs. So ein „Einkauf" dauerte, je nach Entfernung der Ortschaft, ca. zwei, bei weit entfernten Dörfern bis zu sechs Wochen. Einmal ging ich ein Stück mit den Sherpas mit, bevor ich mich zu einem anderen Tal auf den Weg machte.

Am 4. Februar 1974 war ich wieder in Kathmandu, wo ich ein paar Tage blieb und mir drei Tempelstädte ansah. Ich hatte viel Austausch mit anderen Touristen, die meist mit Führern unterwegs waren.

Indien

Da ich nur ein Visum für drei Monate hatte, musste ich zurück nach Indien. Ich durchquerte den Subkontinent von Batna nach Bombay mit dem Zug. Für die mehr als 2000 km brauchte man zwei volle Tage. Ich fuhr im Waggon und schlief auf dem Boden. Viele Mitreisende machten es sich auf den Dächern der Züge „bequem". Hier konnte man ohne

Fahrkarte reisen. Nur ein einziges Mal hatte ich das bei einer anderen Zugfahrt auch probiert. Vor jedem Tunnel pfiff der Lokführer, und die Leute warnten einander mit Rufen. Dann musste man sich flach auf das Dach legen, und der Zug fuhr mit großem Getöse durch den Tunnel. Die Dampflokomotive hinterließ eine nach Kohlenrauch stinkende Atmosphäre im Tunnel, sodass man nach mehreren Durchfahrten im Gesicht ganz schwarz war.

Nachdem ich am 14. Februar 1974 in Bombay angekommen war, erkundigte ich mich bei einer Reederei, ob es möglich sei, auf einem Schiff zu arbeiten. Mein Ziel war Australien. Da ich einige Wochen warten sollte, fuhr ich zwischenzeitlich mit einem Schiff nach Goa. Hier lebte es sich billig, und es gab wunderschöne Strände, die jedoch von Tausenden Hippies belagert wurden. In der Hauptstadt Panjim knüpfte ich bald mit einigen jungen Leuten Kontakte. Hier traf ich einen Amerikaner, der mir nicht nur Unterlagen über die religiöse Gemeinschaft der „Kinder Gottes" gab, sondern mich auch gleich zum Abendessen in deren Gemeinschaftshaus einlud. Diese Begegnung sollte nicht nur meine Reisepläne zur Gänze über den Haufen werfen, sondern kostete mich auch mehr als vier Jahre meines Lebens.

Meine Jahre in der Sekte

Die Zeit in der Sekte ist ein Kapitel meines Lebens, das ich am liebsten ausblenden würde. Ich erlebte damals eine absolute Gehirnwäsche und wurde wertvoller Lebenszeit beraubt. Natürlich muss es einen Sinn haben, dass ich all dies erlebt habe, und sei es nur der, dass ich nun aus eigenem Erleben Menschen über den Wahnsinn einer Sektenkultur aufzuklären im Stande bin. Die Gruppe, zu der ich stieß, lebte an der Pago Beach und bestand aus zehn Mitgliedern.

Wie geriet ich in diese Sekte hinein?

Ich hatte zu dieser Zeit fast kein Geld mehr. Knapp ein Jahr lang hatte ich auf der Reise zwar viel erlebt und gesehen, das waren aber äußerliche Dinge gewesen. Innerlich war ich stark ausgehungert, da ich in dieser Zeit kaum echte Gespräche geführt hatte.

Nun kamen auf einmal sehr freundliche Leute auf mich zu, die versuchten, mir Gutes zu tun und die scheinbar echtes Interesse an mir zeigten. Erst später lernte ich den Begriff dafür, nämlich „Love Bombing", kennen.

Sie boten mir gleich an, dass ich bei ihnen in ihrem strandnahen Haus wohnen könnte. Sie schilderten mir ihr Leben als sehr ähnlich dem der Urkirche. Ich ließ mich von ihrer Begeisterung für ein christliches Leben anstecken, ohne zu realisieren, dass dahinter ein genau geplantes System steckte. Die Lebensweise dieser Gruppe hatte damals für mich Ähnlichkeit mit der Armutsbewegung von Franz von Assisi.

Zudem wiesen meine neuen Freunde darauf hin, wie viele Reichtümer traditionelle Religionen, wie die katholische Kirche, angehäuft haben. Auch das hat mich als damaliger Aussteiger sehr angesprochen.

Da ich ja sonst weder Quartier noch regelmäßige Sozialkontakte hatte, dachte ich mir, was kann schon passieren, wenn ich zu ihnen ziehe, was ich dann auch am Tag nach dem oben erwähnten Abendessen tat. Ich hatte mich getäuscht. Die Gehirnwäsche erfolgte in sehr kurzer Zeit und war radikal.

Der Tagesablauf war stark strukturiert. Wir standen um sechs Uhr auf, dann lasen wir gemeinsam in der Bibel. Nach dem Frühstück gab es meist einen Vortrag durch den Gruppenleiter. Danach hatten wir die Aufgabe, in Zweiergruppen Leute am Strand, vor allem Hippies, anzusprechen. Abends um fünf Uhr ging es zurück. Zum Abendessen wurden meist Gäste eingeladen, es gab Musik und manchmal Sketche.

Ich weiß nicht, wie das Ziel erreicht wurde, aber es gelang den „Kindern Gottes" innerhalb von nur wenigen Tagen meinen ganzen Lebensplan über den Haufen zu werfen. Die Fahrt nach Australien sah ich plötzlich als sinnlos an, ja ich war sogar überzeugt, dass der ganze Sinn meiner Reise darin gelegen war, hierher zu dieser Sekte zu gelangen, dass ich sozusagen durch das Schicksal hierhergeführt worden sei. Auch brach ich, wie von der Sekte gefordert, den Kontakt zu meiner Familie in Österreich ab. Auch mein restliches Geld lieferte ich bereitwillig ab. Schon nach wenigen Wochen war ich überzeugt, dass alle Glaubensrichtungen falsch waren und nur die „Kinder Gottes" den richtigen Weg gingen.

Während man als Katholik sich ständig auf der Suche nach der Wahrheit fühlt, hatten mich die Leute überzeugt, dass sie im Besitz der einzigen Wahrheit wären. Für alles hatten sie vorgegebene Antworten, die mir regelrecht eingedrillt wurden.

Von mir wurde ein radikaler Bruch mit der Vergangenheit verlangt. Ich musste nicht nur das wenige Geld, das ich hatte, hergeben, sondern auch meinen Pass. So stellten sie sicher, dass ich nicht spontan weggehen konnte. Ich durfte keinen Kontakt mehr mit meiner Familie haben und wurde von jeglicher Information von außen, wie Zeitung, Radio und Fernsehen, abgeschottet. Ich durfte nicht einmal allein das Haus verlassen, immer war eine zweite Person dabei. Da dies alles als „Schutz vor dem äußeren Feind, der dich vom rechten Weg wegbringen will" verkauft wurde, akzeptierte ich alles, ohne etwas zu hinterfragen.

Der Gründer der Sekte nennt sich Moses David, lebt in den USA und bezeichnet sich selbst als „letzten Propheten der Menschheit". Damals sagte er das Wiederkommen von Jesus für 1994 voraus.

Auch in dieser Zeit, sie dauerte viereinhalb Jahre, führte ich ein Tagebuch. Hier ein Auszug aus meinen Eintragungen:

Tagebuch, 28. Februar 1974 (weniger als zwei Wochen nach dem ersten Kontakt): *Ich habe meinen Namen geändert und heiße nun Ben (Sohn). Jeden Tag lese ich die Bibel und die Mo-Briefe des Gründers dieser Sekte. Mir scheint, dass ich nur deshalb von zu Hause weggezogen bin, um diese Gruppe der Kinder Gottes in Goa kennenzulernen und nun ein neues Leben zu beginnen. Der ganze Weg, den ich bisher gegangen bin, war ein Irrweg gewesen, den Gott mich hat gehen lassen, bevor er mich ans Licht führte. So werde ich mein Leben in die Hände Gottes legen, denn nur im Glauben an Gott und in der Liebe Christi kann ich leben und den Menschen lieben. Ich bin mit Freude und Glück erfüllt, dass ich durch Gottes Gnade die Wahrheit gefunden habe.*

Tagebuch, 12. Juni 1974: *Ich weiß, Gott hat mich erwählt für dieses Amt, und ich versuche es nach bestem Wissen und Gewissen auszufüllen. Ja, es ist nicht immer leicht, es gibt große geistige Schlachten mit Satan, aber umso größer sind die Siege danach. Danke Jesus.*

Jeden Tag lese ich in der Bibel und lerne Verse auswendig.

Auch aus den Mo-Briefen rezitiere ich bei Gelegenheit. Wir gehen immer zu zweit unter die Menschen, um Menschen zu fischen.

Tagebuch, 18. Juni 1974: *In Bombay haben wir uns im Filmstudio bei den Aufnahmen zu dem Film „Reich und arm" etwas Geld verdient. Meistens betteln wir auf der Straße und verteilen Schriften. An einigen Tagen sind wir zu zweit mit einem Lastwagen nach New Delhi und weiter nach Kathmandu unterwegs, alles ohne Geld. Ich habe immer wieder innere Kämpfe geistiger Natur, die ich Satan zuschreibe.*

Im Sommer 1974 arbeiteten wir in Nepal ausschließlich mit Freaks und Hippies, aber wir hatten nicht viel Erfolg mit der Verbreitung der Lehre. In den exklusiven Hotels bettelten wir um Spenden. Für einige Wochen arbeitete ich im Grenzgebiet für das Tourismus-Ministerium, indem ich Fragebögen austeilte.

Tagebuch, 7. April 1975: *Heute wurde ich zum Leiter einer Kolonie in Bombay bestimmt. Wir gründeten eine weitere Kolonie in Bombay, fuhren auch des Öfteren nach Poona, wo es eine Bhagwan-Rajneesh-Sekte gibt. Viele Europäer folgen diesem Guru, welcher sie um ihr Geld bringt. Er arbeitet mit Sex-Orgien und betrachtet sich selbst als den Erleuchteten, den Baghwan.*

Am 25. September 1975 flog ich nach Hause. Meine Eltern hatten mir ein Ticket geschickt und angegeben, dass ich mein Erbteil bekommen sollte. Dieses wollte ich gleich in die Gemeinschaft einbringen; darum erhielt ich auch die Erlaubnis für die Reise.

Es war aber nur ein Vorwand gewesen. Mein Vater meinte nur: „Da kann ich das Geld ja gleich in den Saßbach schmeißen!"

Auch wenn meine Eltern mich auf diese Art erfolgreich nach Hause geholt hatten, brachte die Aktion nicht das von ihnen erwünschte Ergebnis. Die Heimat war für mich fremd geworden.

Ich kam mit meinen alten Freunden nicht zurecht, sodass ich nach wenigen Tagen in Siebing zur Kolonie der „Kinder Gottes“ in Wien fuhr. Ich blieb ein halbes Jahr in Österreich und baute mit einem zweiten „Kind Gottes“ Kolonien in Klagenfurt, Innsbruck, Salzburg und Linz auf.

Da ich in Österreich viel weniger Erfolg hatte als in Indien, beschloss ich im Februar 1976, mit einem Schweizer per Autostopp zurück nach Indien zu reisen. Ziemlich genau einen Monat später kamen wir dort an.

Das Leben in der Sekte war immer gleich. Wir glaubten die Wahrheit, den richtigen Weg und den einzig richtigen Glauben gefunden zu haben. Für uns war das äußere Feindbild ganz wichtig. Für alle Probleme waren Satan und das System, also die Welt, verantwortlich. Dies ist eine Taktik, die Diktatoren gerne anwenden; sie sagen: „Der Feind sitzt draußen und bedroht uns dauernd. Wir müssen uns vor ihm schützen, denn nur wir sind auserwählt.“

Das Frühjahr 1977 verbrachte ich in Dhaka, der Hauptstadt von Bangladesch. Da das Land muslimisch ist, konnten wir, die dreißig Jünger, nur im Untergrund tätig sein.

Im Studentenheim organisierte ich Bibelabende und gründete eine Band, die öffentlich durch Gesang und Sketche der Sekte dienen sollte. Ich fühlte mich in dieser Zeit sehr gesegnet, weil ich mich gerne kreativ ausdrückte.

Auch durch Filmabende wollten wir die Lehre verbreiten. Mein besonderer Favorit war der Film „Don Quijote“. Wir betrachteten ihn als unser Vorbild, diesen Kämpfer, der von anderen verlacht wird, aber trotzdem seinem Ideal unbeirrt folgt. Den Text des Liedes „The Impossible Dream“ von Richard Kiley, welches meine damaligen Gefühle wiedergibt, notierte ich in meinem Tagebuch:

To dream the impossible dream
To fight the unbeatable foe
To bear with unbearable sorrow
And to run where the brave dare not go
To right the unfightable wrong
And to love, pure and chaste from afar
To try when your arms are too wary
To reach the unreachable star
This is my quest
To follow that star
No matter how hopeless
No matter how far
To fight for the right
Without question or pause
To be willing to march
March into hell
For that heavenly cause
And I know
If I will only be true
To this glorious quest
That my heart
Will lie peaceful and calm
When I am laid to my rest
And the world will be
Better for this
That one man, scorned
And covered with scars
Still strove with his last
Ounce of courage
To reach the unreachable
The unreachable
The unreachable star
And I will always dream

The impossible dream
Yes, and I will reach
The unreachable star

Zu träumen den unmöglichen Traum
Zu bekämpfen den unschlagbaren Feind
Zu tragen die untragbare Sorge
Zu laufen, wo es die Tapferen nicht wagen.
Zu berichtigen das nicht korrigierbare Falsche
Zu lieben in Reinheit und Schlichtheit von weit her
Zu versuchen, wenn deine Arme zu schwach sind
Zu erreichen den unerreichbaren Stern
Das ist meine Suche
Dem Stern zu folgen
Egal wie hoffnungslos
Egal wie weit.
Der Kampf für das Rechte
Ohne Frage oder Anhalten
Den Willen zu haben, in die Hölle zu marschieren
Für einen himmlischen Grund.
Und ich weiß, dass ich nur wahr sein kann
Dieser glorreichen Suche gegenüber
Damit mein Herz friedlich und sanft sein kann
Wenn ich zur Ruh gelegt werde.
Und die Welt wird besser deswegen sein
Dass ein Mann, verhöhnt und mit Narben bedeckt
Noch mit seinem letzten Gramm Mut danach strebte
Den unerreichbaren Stern zu erreichen.

Tagebuch, 25. Mai 1977: *Am Vormittag hatte ein junger muslimischer Geschäftsmann Jesus angenommen. Nach dem Fest fuhren wir aufs Land, wo Deutsche einen Bauernhof bewirtschafteten und Rinderzucht betrieben. In der kommen-*

den Woche habe ich einen großen Auftrag. Ich darf in Chittagong, wo es den längsten Strand von Bangladesch gibt, eine Kolonie aufbauen.

Tagebuch, 5. Juni 1977: *Wir sind an der Grenze zu Buthan in Kapta, wo wir eine ethnische Gruppe kennengelernt haben, die um ihre Unabhängigkeit kämpfte und deshalb immer wieder mit dem Militär Schwierigkeiten bekam. Sie wohnen auf Pfahlbauten und leben vom Fischen und Jagen. Wir hatten interessante Erlebnisse. Drogensüchtige Studenten nahmen uns bei sich auf und wir versuchten, sie durch die Annahme von Jesus in ihrem Leben aus ihrer Leere zu befreien.*

Mein letzter Tagebucheintrag vom 9. September 1977 lautet: *Danke Herr, es ist vollbracht. Der Sieg ist errungen und Du, Herr, hast den Feind bezwungen. So ziehe ich weiter als Kämpfer in Gottes Armee... In diesem Stil geht es noch mehr als eine Seite lang weiter.*

Das schrieb ich an einem Freitagnachmittag in Dhaka in einem Teehaus. Auf den Straßen verrichteten gerade die Moslems ihr Gebet.

Von Bangladesch ging es wieder zurück nach Kalkutta und später nach Bombay. Dort lernte ich meine Freundin Pamela kennen. Nach einem halben Jahr schmiedeten wir den gemeinsamen Plan, in Russland Missionsstationen aufzubauen. Im Sommer 1978 schickten Pamelas Eltern aus den USA ihr ein Flugticket für die Heimat – wieder unter dem Vorwand, dass sie ihr Erbteil bekommen sollte.

Ich reiste per Anhalter zurück nach Hause. Pamela und ich wollten uns später in Wien zu einem Russisch-Sprachkurs treffen, den wir als Vorbereitung für die Mission planten. Doch es sollte alles ganz anders kommen.

Die Deprogrammierung – mein Weg zurück zum normalen Leben

Pamela wurde in ihrer Heimat deprogrammiert, das heißt aus der Sekte herausgeholt. Dies funktioniert eigentlich verblüffend einfach: Sektenmitglieder sind so indoktriniert, dass sie glauben, auf alle Fragen eine Antwort aus der Bibel parat zu haben. Deshalb sind Sektenmitglieder auch leicht zu erkennen, da alle auf dieselben Fragen dieselbe Antwort geben. Selbstständiges Denken wird dort mit allen Mitteln verhindert.

Bei der „Deprogrammierung" werden den Sektenmitgliedern über einen Zeitraum von vier bis zehn Stunden hinweg einfach nur Fragen zum Sekteninhalt und zu deren Führern gestellt und es wird gefragt, warum das die einzige Wahrheit sein soll. Die Antworten dürfen dabei vom Fragenden nicht dahingehend bewertet werden, ob sie wahr oder falsch sind.

Es geht um das Fragen. Es muss so lange weitergehen, bis das Sektenmitglied nach vielen Stunden keine Antwort mehr weiß. Dadurch verliert es seine Sicherheit, es macht ganz plötzlich „klick", es zieht einem sozusagen die Füße weg – und man kommt in der Realität an. Mit einem Schlag werden plötzlich die vielen Negativseiten des Lebens in der Sekte sichtbar.

Pamela blieb in ihrer Heimat Amerika, aus der sie mir in Briefen über das fragwürdige Wirken von David Moses berichtete. Für mich hörte sich das allerdings so an, als hätte der Teufel in der Zwischenzeit Macht über sie gewonnen.

Sie nahm Kontakt zu meinen Eltern auf, erzählte ihnen, wie es ihr ergangen war und erklärte sich bereit, nach Österreich zu kommen, um bei mir diese Deprogrammierung vorzunehmen. Meine Eltern übernahmen die Kosten für den

Flug und die Deprogrammierung. So reiste Pamela Anfang Oktober 1978 mit einer Freundin nach Siebing. Natürlich wusste ich zu diesem Zeitpunkt nichts davon.

Ich lebte damals gerade in der Kolonie in Wien. Da erhielt ich einen Anruf von meinem Bruder Sepp, dass unser Vater einen Herzinfarkt erlitten hätte und ich so bald wie möglich nach Hause kommen solle. So fuhr ich am kommenden Tag von Wien mit dem Zug nach Leibnitz und wurde dort von meinem Bruder mit dem Auto abgeholt. Er wirkte sehr nervös auf mich, was ich dem Zustand meines Vaters zuschrieb. Zu Hause angekommen, verwies er mich zur hintersten Zimmertür, wo sich mein Vater aufhalten sollte. Doch dem war nicht so. Statt des kranken Vaters im Sterbebett standen vor mir meine Sektenfreundin Pamela und eine andere Frau. Ich war wie versteinert. Zudem nahm ich in dem Augenblick wahr, dass man hinter mir die Türe von außen verschlossen hatte.

Nun war ich komplett fassungslos. Damit startete der psychologische Prozess der Deprogrammierung. Die beiden Frauen stellten mir Fragen über den Sektenführer David Moses, die einem Verhör ähnelten. Etwa die Frage, warum ich der Meinung sei, dass er der wahre Prophet der Gegenwart sei, der von Gott eingesetzt wurde, und warum wir die einzige Gemeinschaft seien, die über die Wahrheit verfüge. So ging dieses Frage-Antwort-Spiel zehn Stunden ohne Unterbrechung durch, bis ich plötzlich mental kippte.

Innerlich fing in mir ein Prozess des Hinterfragens an, was mich als Mensch komplett verunsicherte. Mir schwand der Boden unter den Füßen. Da Pamela erst zwei Monate zuvor dieselbe Situation erlebt hatte, konnte sie mir mit gezielten Argumenten behutsam helfen, in die Realität zurückzukommen. Es war ein ambivalentes Eingestehen der Tatsachen. Einerseits war es erleichternd, dass diese Verblendung ein

Ende nahm, andererseits war es für mich ernüchternd, dass sich ein Mensch viereinhalb Jahre lang einer solchen Diktatur freiwillig unterwerfen kann.

Wenn ich heute in den Tagebüchern aus dieser Zeit lese, fällt es mir schwer, die Geschehnisse von damals genauer zu betrachten. Ich denke an die vielen Menschen, die ich in die fanatische Bewegung hineingeholt habe. Wie wird man damit fertig, ohne das zu verdrängen? Oder ich denke daran, wie viele Bibelverse, die ich auswendig gelernt hatte, ich im gegebenen Fall missbraucht habe. Denn in der Bibel sah man nicht den Liebesbeweis Gottes, sondern interpretierte sie so, dass der Mensch auf eine Entscheidung hingedrängt werden muss. Deshalb gingen wir auch immer nur auf Personen zu, die entweder gerade in einer Krise waren oder einen instabilen Eindruck machten.

Wir waren so fanatisiert, dass wir den Menschen nicht mehr klar und frei begegnen konnten. Entweder sie waren für uns oder gegen uns – dazwischen gab es für uns nichts. Es gab kein Gewissen mehr, keine Empathie, kein Gefühl der Zuneigung. Ich verlor auf diese Weise meine innere Sicherheit, und meine Seele nahm Schaden. Vor allem hatte ich meine Beziehungsfähigkeit zu anderen Menschen verloren.

Nach außen spielten wir die Glücklichen, die immerzu lächelnd die Liebe Gottes auszustrahlen versuchten und für jedes noch so große Problem einen Bibelvers parat hatten. Alle inneren Konflikte wurden als Angriffe Satans abgetan. Ich glaube aber, dass in Wirklichkeit jeder von uns innerlich zerrissen, armselig, depressiv und eigentlich nicht lebensfähig war. Viele, die die Sekte verlassen hatten, begingen danach Selbstmord.

In den viereinhalb Jahren, die ich in dieser Sekte gefangen war, wurde meine Persönlichkeit, wurde die Beziehung zu meinen Eltern, den Geschwistern und Freunden immer wieder auf den Prüfstand gestellt. Ich durfte für diese wunderbaren Menschen keinen Platz mehr in meinem Herzen haben. Stattdessen hielt ich an einer Ideologie fest und unterwarf mein ganzes Leben einer Lüge. Es gab eine höhere Macht, und diese allein sollte mich stark machen.

Wie alle Anhänger einer Sekte dachte ich, im Besitz der Wahrheit zu sein. Das Leben wurde wie in einer Schwarz-Weiß-Malerei in reines und unreines Gedankengut sortiert. So wurde ich zum Richter über mich selbst und begann, das Weltliche immer mehr zu hassen. Die Lehre von David Moses durfte nicht in Frage gestellt werden. Man durchlief eine permanente Gehirnwäsche. Es gab keine persönliche Ausdrucksweise. Der Mensch gab seine Individualität auf zugunsten einer „höheren Doktrin", um, wie wir damals glaubten, in dieser Welt als guter Mensch bestehen zu können.

Reha in Amerika

Nach diesem tiefgreifenden Erlebnis musste ich zunächst in meiner neu gefundenen alten Identität gefestigt werden. So flog ich in die USA, um dort eine zweimonatige Rehabilitation zu machen. Ich bin meinen Eltern sehr dankbar, dass sie das alles für mich bezahlten. Die Deprogrammierung und die Reha kosteten 40.000 Schilling, also knapp 3.000 Euro, was damals dem Wert eines kleinen Autos entsprach und mit der Landwirtschaft nicht so leicht zu verdienen war.

In Minneapolis trafen sich einige ehemalige Sektenmitglieder aus unterschiedlichen Gruppierungen, und wir stellten fest, dass alle Sekten auf ähnliche Weise die Menschen manipulieren. Während ich bei der Deprogrammierung anderer mit dabei war und später auch selbst solche durchführte – das dauerte jeweils etwa zwei Tage –, konnte ich erkennen, was blinder Gehorsam und Fanatismus für Auswirkungen haben können. Die Nachwirkungen sind immens, denn nachdem die Folgen der Gehirnwäsche beseitigt sind, muss der Mensch erst wieder neu zu leben lernen. So etwas braucht seine Zeit. Man könnte das, was Sekten mit ihren Mitgliedern tun, als geistige Vergewaltigung bezeichnen. Nach den Strapazen eines solchen emotionalen Missbrauchs erlebt man meist eine psychische und physische Zerstörung, die einer schweren Depression gleicht. Ich selbst war damals jedenfalls emotional am Boden zerstört.

Zu dieser Zeit erhielten die Sekten in den USA besondere Aufmerksamkeit, da am 18.11.1978, während meines Aufenthaltes, über 900 Mitglieder der Volkstempelsekte von ihrem Führers Jim Jones mit vorgehaltenen Gewehren gezwungen wurden, Gift zu trinken. In den darauffolgenden Tagen gaben wir von der Reha-Gruppe viele Interviews fürs Fernsehen und für Zeitungen, in denen wir über das Leben in einer Sekte berichten durften. Wir konnten bestätigen, dass wahrscheinlich auch wir zur Aufgabe unseres Lebens bereit gewesen wären.

Uns bestürmten daraufhin viele Eltern, etwas zu unternehmen, damit ihre Kinder von einer Sekte wegkommen könnten. Wir griffen sogar zu nicht legalen Methoden. Da die Leute ja nie alleine unterwegs waren, stießen wir die Begleitperson in den Straßengraben und zerrten den Sohn oder die Tochter in ein Auto. Zur Tarnung hatten wir dahinter ein zweites Auto stehen, dessen Nummerntafel meist notiert wurde. Das erste Auto fuhr zu einem verlassenen Gehöft, in dem die Deprogrammierung stattfand. Das andere fuhr in die entgegengesetzte Richtung; man stellte es irgendwo ab und trank einen Kaffee. Oft kam dann die Polizei, die jedoch bei dem zweiten Auto nichts Problematisches feststellen konnte. Alle, die auf diese Weise zur Deprogrammierung entführt worden waren, bestätigten uns nachträglich, sie seien froh, von der Sekte weggekommen zu sein.

Nun lebte ich in Amerika, in einer anderen Welt, in einer Welt der geistigen Freiheit. Wir, eine Gruppe von sieben bis acht Leuten plus zwei Betreuern, wohnten in einem schönen Stadtteil mit vielen Gärten, Baumkulturen und einem großen Spielplatz am See. Wir erlebten echte amerikanische Verhältnisse. Die Häuser waren leicht gebaut, sehr modern, aber wohnlich eingerichtet. Der Verkehr floss ruhig und langsam, obwohl die Autos meist sehr groß waren. Treibstoff und Lebensmittel waren sehr billig. Als landwirtschaftlich interessiertem Menschen fiel mir auf, dass es hier schon den Rollrasen gab; er wurde auf humusreicher Erde ausgerollt und die ersten Tage reichlich gegossen, sodass er rasch zu wachsen begann. Auch die kostengünstigen Wohnmobile stachen mir, dem Weltenbummler, ins Auge.

Ich erinnere mich an einen wunderschönen Ausflug mit Bob, einem Freund, den ich in Amerika kennengelernt hatte, der auch einige Jahre bei den „Kindern Gottes" gewesen war. Wir fuhren eine Tagesreise mit dem Auto nach Norden zu den großen Seen an der Grenze zu Kanada, wo wir zwei Tage blieben und das einfache Leben im Zelt und beim Lagerfeuer genossen.

Wir hatten viele Gesprächstherapien, mussten wieder neu lernen, in der menschlichen Freiheit Entscheidungen zu treffen. In solchen Sekten gibt es, wie in totalitären Regimen, nur eine Lehre: man lebt in einer dualistischen Welt, in der es nur „richtig" oder „falsch" gibt. Die Bewertung obliegt allein dem Sektenführer oder Leiter einer solchen Bewegung. Er nimmt die Position des allmächtigen Vaters ein.

Auch die Sprache verändert sich in einer Sekte, der Sprachschatz reduziert sich und man lernt, Menschen zu täuschen, für die „Wahrheit“ zu lügen, um so der Bewegung zu dienen. Die Realität wird nicht mehr wahrgenommen, weil es keine Reflexion der eigenen Handlungen gibt. Die Unterwerfung kann bis zum Mord oder Selbstmord gehen.

Die Gruppe gibt einem aber auch Schutz. Man wälzt die Verantwortung auf den Führer ab. Er denkt für mich und trifft die Entscheidungen für mich, egal ob sie gut oder schlecht sind. Die neue Gruppe ersetzt die Herkunftsfamilie.

Ich hatte mich in der Sekte den anderen „draußen“ in allem überlegen gefühlt und hatte auf alle Fragen eine Antwort parat gehabt. Jetzt aber hatte ich tausend Fragen und keine Antworten. In der Sekte stellte ich nichts in Frage, jetzt alles, mich selbst, mein Sein, den Sinn des Lebens. Ja, ich fiel in eine tiefe Sinnkrise mit großen emotionalen Schwankungen. Wem kann ich noch vertrauen? Das war meine bedeutsamste Frage.

In Amerika gab es damals etwa drei Millionen Sektenmitglieder, die nicht mehr die Möglichkeit hatten, in Freiheit die Gruppe zu verlassen, ohne Gefahr zu laufen, dass ihnen etwas zustoßen oder zumindest Druck auf sie ausgeübt würde. Die meisten von ihnen entstammten mittleren und gehobenen Verhältnissen. Sie hatten eine gute Erziehung erhalten, und viele waren auf der Suche nach höheren Idealen, sie wollten die Welt verbessern. Sie hatten ihre Persönlichkeit noch nicht gefunden und rangen um ihre eigene Identität.

Tagebuch, 5.12.1978: *Mit Pamela sprach ich viel über unsere Vergangenheit sowie über unsere getrennten Zukunftspläne. Sie wird in Kalifornien studieren. Ich fühlte mich ihr gegenüber aufgrund ihres Einsatzes für mich sehr verpflichtet.*

Tagebuch, 6.12.1978: *Von Zuhause erhielt ich Briefe, die mir signalisierten, dass man sich trotz meines Verhaltens in den letzten Jahren auf meine Rückkehr freut. Das fühlte sich gut an, und langsam kehrte meine Selbstachtung zurück. Schnee gab es auch schon daheim.*

Eine Woche vor Weihnachten flog ich schließlich nach Hause, innerlich sehr angespannt, wenn ich an den bevorstehenden Alltag des Lebens am Hof und im Dorf dachte.

Zurück zum normalen Leben in Siebing

Ein paar Tage vor Weihnachten kam ich wieder zu Hause an. Meine Eltern waren froh, ihren „verlorenen Sohn" wieder zu haben. Trotzdem war die Angelegenheit noch nicht überstanden. In den ersten Monaten des Jahres 1979 ging es mir seelisch nicht gut, denn ich zweifelte oft an mir und an meiner Zukunft. Auf der eine Seite versuchte ich das Leben und meine neu gefundene Freiheit zu genießen und mich auch mal einfach nur zerstreuen zu lassen. Auf der anderen Seite war in mir noch immer das starke Streben nach hohen Idealen: das Gute zu mehren und die selbstlose, helfende Liebe zu verwirklichen. Ich meinte, ständig im Verrat an mir und meinen Vorsätzen zu leben.

Ich fühlte mich wie ein Baum im Sturm und erkannte, dass meine Wurzeln tieferen Halt brauchten. Ich fand für mich aber weder ein konkretes Ziel noch Aufgaben, die mein Leben hätten ausfüllen können. Es fehlte mir gänzlich an Selbstachtung und Wertschätzung meiner selbst.

Äußerlich hatte ich mich wieder in das tägliche Leben am Hof eingeklinkt, der noch immer von meinem Vater mit seinen 74 Jahren und meinem Bruder Sepp bewirtschaftet wurde. Der tägliche Rhythmus half mir, mich emotional etwas zu stabilisieren.

Der folgende Tagebucheintrag zeigt, wie innerlich zerrissen ich noch immer war. Ich schrieb am 17.4.1979 die folgenden Gedanken nieder:

Es war ein Tag mit vielen Inspirationen und Impulsen, aber was mache ich schon damit? Wie werden diese Impulse für mich von Nutzen sein, wie viel davon werde ich in mei-

nem Leben umsetzen können? Ich wünsche mir, mehr Mut zu haben, um die Mittel zu gebrauchen, die ich mir in den vergangenen Jahren durch meine Erfahrungen angeeignet habe. Fragen über Fragen zermartern meinen Kopf. Wann kommt die Zeit, wo der Mensch seine Verantwortung erkennt? Was macht den Menschen zum Menschen? Was macht die Größe eines Menschen aus? Sind es die Dinge, die er besitzt? Ist es der materielle Reichtum, den er anhäuft? Wie sehr wird der Mensch unsere Mutter Erde belasten und sie dann vergiftet an die nächste Generation weitergeben?

Der Lebensstandard hat sich seit dem Kriegsende 1945 vervierfacht und trotzdem ist die Unzufriedenheit drastisch gewachsen. Woher kommt das? Die fortschreitende Mechanisierung hat das Rad der Zeit so beschleunigt, dass wir immer mehr von dieser Zeit verlieren. Und der Mensch bleibt auf der Strecke. Wenn wir das Wort Liebe in seiner Ganzheit nicht verstehen, wenn wir sie nicht zu leben versuchen und an ihr reifen, werden wir den Sinn des Lebens wohl nie erkennen. Eine Demokratie braucht reife Menschen, die sich ihres Selbst bewusst sind. Nicht umsonst schreit der heutige Mensch immer noch nach einer starken Leitfigur, der man die Verantwortung aufbürden kann, die man selbst zu tragen nicht bereit ist.

Mit der Landjugend in Spanien

Am 12.7.1979 flog ich mit einer Gruppe von 17 jungen Leuten aus der Steirischen Landjugend nach Spanien. Diese Initiative wurde von Heiner Herzog ins Leben gerufen, als Austauschprogramm. Dabei durften wir einen Monat auf einem Bauernhof in Spanien verbringen, und im Gegenzug dafür würden die Spanier bei uns leben und arbeiten.

Nach drei Stunden Flug landeten wir in Madrid. Von dort

fuhren wir mit dem Zug nach Saragossa, wo wir in der Landwirtschaftsschule untergebracht wurden. Die nächsten zwei Tage verbrachten wir in den Pyrenäen. Danach wurden wir aufgeteilt, und ich fuhr zu meiner Gastfamilie in Epila.

Der Landwirt hieß Nicolaus und betrieb eine kleine eigene Landwirtschaft mit Getreide, Mais, etwas Obst, einigen Schafen und auch einem Weingarten mit Stockkultur. Zusätzlich bewirtschaftete er gemeinsam mit zwölf anderen Bauern eine Fläche von 225 Hektar. Aufgrund des Klimas waren dort häufig Bewässerungsanlagen im Einsatz, viele waren von der steirischen Firma Bauer geliefert worden. Vorrangig wurde eine späte Sorte Mais angebaut, die wegen des hohen Ertrags viel Gewinn abwarf.

Ich half vor allem im Obst- und Weingarten und beim Heuen. Die Wiesen waren mit Luzerne bepflanzt und wurden ebenfalls bewässert. Sie konnten fünf- bis sechsmal im Jahr gemäht werden. Wegen der großen Hitze trocknete das Gras, ohne dass man es wenden musste, sodass drei Tage nach dem Mähen das Heu verpresst werden konnte. Gearbeitet wurde normalerweise bis 21 Uhr, allerdings gab es von Mittag bis 16 Uhr eine „Siesta“, bei der man zuerst ein Schläfchen machte und anschließend Kaffee und Kekse bekam.

Sehr oft rastete ich mich nach der Arbeit noch etwas aus, lernte spanische Vokabeln und machte mich dann noch zu einer Lokaltour auf. 22 Uhr ist in Spanien eine ganz übliche Zeit, um auszugehen. Die Verständigung war allerdings etwas schwierig, da die Menschen kaum Englisch sprachen.

Einmal war ich bei einer Hochzeit in Saragossa eingeladen. Ein Sohn aus der Gruppe der 13 Genossenschaftsbauern heiratete. Die Hochzeit war denen in meiner Heimat ähnlich, mit Musik, viel zu essen und viel Alkohol.

Von den Spaniern dazu angestachelt, nahm ich vor meiner Abreise noch an einem Stierlauf teil. Es wurden drei bis vier Stiere, eher kleine und wendige Tiere mit einem Gewicht von etwa 400 kg, durch die Gassen getrieben. Etwa dreißig mutige Männer stellen sich der Auseinandersetzung mit den Vierbeinern. Starke Nerven und gute Reflexe sind hier notwendig, um rechtzeitig Haken schlagend auszuweichen oder sich an den Fenstergittern über die Hörner des Stiers hochzuziehen. Ich machte nur eine Runde mit, denn es gab viele Verletzungen, wie z.B. Rippenbrüche, wenn jemand nicht schnell genug reagiert hatte.

Wieder zu Hause

Zu Hause ging äußerlich noch immer alles wie gewohnt weiter. Ich fühlte jedoch eine große geistige Unsicherheit, die mit Depressionen verbunden war. Ich hätte dringend einen Menschen gebraucht, um mit ihm über alles reden zu können. In meiner Umgebung merkte jedoch niemand etwas, denn je trauriger ich innerlich war, desto mehr spielte ich nach außen den lustigen Clown.

Mehrmals im Jahr hielt ich Vorträge in Schulen und Bildungshäusern über meine Erfahrungen mit der Sekte. Gleichzeitig führte ich mehrere Deprogrammierungen in Österreich durch.

Tagebuch, 14.10.1979: *Aus meiner Sicht versage ich viel zu oft, auch wenn es für meine Mitmenschen nicht den Anschein hat. Gerade dann, wenn ich versuche, anderen meine Grundsätze aufzudrängen. Es ist oft dieser Geltungsdrang in mir, der überhandnimmt und manchmal außer Kontrolle gerät. Das sind leider noch die unschönen Nachwirkungen aus meiner Zeit in der Sekte.*

Tagebuch, 1.11.1979: *Allerheiligen. Die Kunst, zu ermutigen, ist eine der Möglichkeiten aufmerksamer Nächstenliebe. Am Morgen ging ich zu Fuß durch den Wald nach Weinburg zur heiligen Messe. Es war schön, allein durch die Natur zu gehen, sie in der Stille wahrzunehmen und mit allen Sinnen aufzusaugen. Man riecht den Herbst. In solchen Situationen kommen meine Kindheitserinnerungen wieder zum Vorschein – beim Spüren von Tau auf dem Gras, wenn man morgens barfuß durch die Wiesen ging, oder beim Duft von Klee auf den frischen Wiesen. Einfach unbeschreiblich. Das Gefühl der Ewigkeit liegt über einem und man versucht die Zeit hinter sich zu lassen, wo alles Irdische an Bedeutung verliert. Man spürt die Freiheit und die Auflösung von Unsicherheit und Zweifel. Diese Augenblicke, für die es sich zu leben lohnt, dieser Zustand der Sinnfindung prägt mich enorm und beschert mir eine neue Leichtigkeit. Obwohl meine Zukunft noch so dunkel vor mir liegt und sich das Gefühl, mich im Nebel verirrt zu haben, verstärkt, versuche ich mich doch langsam vorwärts zu bewegen, indem ich mich einfach Tag für Tag den Augenblicken bewusst öffne und mich meinen schöpferischen Gedanken in Wort und Tat hingebe. Kein körperliches Gebrechen kann schlimmer sein als die furchtbare Qual einer gemarterten Seele.*

Tagebuch, 17.11.1979: *Ich möchte hier einige kritische Gedanken zum Thema Fernsehen bzw. Medien im Allgemeinen einschieben. Ich meine, dass das Fernsehen die schöpferische Fantasie des Menschen unterdrückt und uns gleichzeitig im Sinne der jeweiligen Machthaber und Autoritäten manipuliert. Diese Abhängigkeit wird so groß werden, dass wir sie gar nicht mehr als solche wahrnehmen werden. Der Informationsfluss wird nur mehr von wenigen gesteuert und wir haben keine Möglichkeit, die Informationen auf richtig oder falsch hin zu überprüfen.*

Tagebuch, 19.11.1979: *Die Kriege entstehen in den Köpfen der Menschen. Deshalb muss auch die Verteidigung des Friedens im Geiste geschehen. Wahre Macht zeigt sich in der Demut! So ist auch Jesus, geboren von einer Jungfrau, wehrlos in die Welt gekommen. Wahre Liebe ist immer stärker, ja sogar stärker als der Tod.*

Hier noch einige Gedanken zur Selbstliebe:

Mich selbst lieben
Wenn ich dich mehr liebe als mich selbst,
liebe ich dich eigentlich weniger.
Wenn ich mich weniger liebe als dich,
mache ich es dir schwerer, mich zu lieben.
Deine Liebe zu mir ist abhängig von der Liebe,
die ich zu mir selbst habe.
Und meine Liebe zu dir wird stärker sein,
wenn du dich so liebst wie du mich liebst.

Tagebuch, 24.11.1979: *Manchmal bin ich sehr erschüttert über die Verhältnisse in der Welt und auch darüber, dass ich nichts unternehme, um die Menschen aufzurütteln. Ich möchte ihnen zu verstehen geben, was wirklich mit ihnen geschieht. Oh mein Gott, hätte ich doch mehr Mut, oder besser noch mehr Liebe.*

Wie hat es doch die Jugend heutzutage schwer; ihre Zukunft scheint hoffnungslos vorprogrammiert zu sein. Ökologen und verschiedene Wissenschaftler berichten davon in ihren Prognosen. Sehen wir überhaupt, mit welcher Geschwindigkeit wir unsere Ressourcen auf der Erde vergeuden und eine vergiftete Schöpfung zurücklassen? Man braucht schon eine große Portion Optimismus, um neue Lösungen für das Leben in der Zukunft zu suchen und hoffentlich auch zu finden.

Da gibt man sich mit der Initiative Zwentendorf zufrieden und spricht von Erfolg. Sicher haben wir etwas verhindern können, aber hat sich dadurch unsere Lebenseinstellung geändert? Auf was sind wir bereit zu verzichten? Oder heißt es noch immer: Wohlstand um jeden Preis? Ist unser Denken nicht geprägt von materiellem und sozialem Erfolg auf Kosten der Natur und der Gefährdung ihrer Artenvielfalt?

Wir genießen die sozialen Einrichtungen, bei denen wir im Vergleich zu anderen Ländern ganz vorne sind, doch gleichzeitig sind wir Befürworter einer Abtreibung – der Kindstötung auf legale Weise. Es ist wie subtiler Holocaust im Schoß der Mütter.

So vieles, was wir täglich einsaugen, macht uns geistig und seelisch krank, und wir verlieren den klaren Blick. Ähnlich wäre es, wenn ich für längere Zeit verdorbene Lebensmittel zu mir nehmen würde und über die gesundheitlichen Folgen verwundert wäre. Kehren wir um zu Gottes Gesetzgebung und lernen wir von der Natur, von ihrer Einfachheit und Ordnung.

Ein bescheidenes Herz würde uns helfen, uns nicht ständig gezwungen zu fühlen, andere übertrumpfen zu müssen, sondern unser Leben mehr auf guten Beziehungen aufzubauen. Verstärken wir den Kontakt zum Nächsten. Stellt sich die Frage, wer ist unser Nächster? Ich glaube, dazu gab uns Jesus die beste Antwort im Gleichnis vom barmherzigen Samariter (siehe Lk 10,30-37).

In der Erziehung bekommt der Mensch heutzutage nicht das richtige Rüstzeug mit, das er brauchen würde, um sein Leben gelingen zu lassen. Weder den Mut, seine Werte zu vertreten, noch den Glauben an die Liebe, die uns lehrt für Schwache einzustehen. Viele drehen sich um, wenn sie Not und Armut sehen.

Als Knecht in Tirol

Obwohl ich versuchte, wieder ein „normales“ Leben zu führen, war dies in der dörflichen Struktur für mich damals noch nicht möglich. Laufend wurde ich auf meine Vergangenheit angesprochen und damit sogar gehänselt, indem man mich z.B. als „Guru von Indien“ bezeichnete. Niemand bemerkte, wie instabil ich innerlich war und wie tief mich die wahrscheinlich gar nicht bös gemeinten Scherze in Wirklichkeit trafen.

Ich brauchte daher eine Auszeit vom Dorf und beschloss für ein Jahr in Tirol bei einem Biobauern als Knecht zu arbeiten. Ich hoffte, dass es mir an einem Ort, wo ich unbekannt war und niemand meine Vorgeschichte kannte, besser gelingen würde, zu mir selbst zu finden.

Im Advent 1979 fuhr ich mit dem Zug nach Innsbruck, um meine neue Arbeit in Arzl bei Innsbruck anzutreten. Der Bauer, Alois Wach, war ein Pionier des biologischen Landbaus und auch Obmann des biologischen Landbaus in Tirol. Das Gebiet von Arzl bis Thaur ist durch den Föhn klimatisch so begünstigt, dass sich hier das größte Gemüseanbaugebiet Tirols befindet. Neben der Milchwirtschaft und der Schweinezucht gab es auf dem knapp acht Hektar großen Bauernhof vor allem Gemüseanbau.

Vermarktet wurde das Gemüse ab Hof oder auf den Bauernmärkten in Innsbruck, die mehrere Male in der Woche beschickt wurden.

Der arbeitsreiche Tag begann normalerweise um 5.30 Uhr mit dem Füttern und Melken der Kühe, dann erst gab es Frühstück. Ich half überall mit. Die Arbeit endete meist um 19 Uhr, es gab aber auch Tage, wo bis nach 21 Uhr gearbeitet wurde. Obwohl die Landwirtschaft viel kleiner als die meiner Eltern war, gab es durch den Gemüsebau viel mehr Arbeit. Fast alle Bauern in diesem Ort hatten deswegen einen Knecht.

Tagebuch, 13.12.1979: *Hätte nie gedacht, dass ich einmal als Knecht bei einem österreichischen Bauern arbeiten würde. Ja, im Dienen liegt ein großer Wert, nur leider wird er vom Verdienen verdrängt.*

Der Bauer war tüchtig, aber er gönnte sich kaum eine Ruhepause zum gemütlichen Zusammensitzen und Reden, wie ich es von zu Hause gewohnt war. Selbst am Samstagnachmittag wurden noch mehrere Schweine geschlachtet, aufgearbeitet und für das spätere Räuchern eingebeizt. Die Leute lebten hier zwar in einer wunderschönen Gegend, doch mangelte es ihnen an Zeit, ihrer Landschaft die entsprechende Aufmerksamkeit zu schenken.

Mein Essen konnte ich bei der verwitweten Mutter des Bauern einnehmen, die im Erdgeschoss des Hauses ihre Wohnung hatte. Ihr Essen war sehr schmackhaft, vor allem die Tiroler Knödel, und ich genoss die Ruhe, die bei ihr herrschte.

Tagebuch, 23.12.1979: *Durch die Arbeit vergeht für mich die Zeit sehr schnell und man sieht seinen IST-Zustand wieder neu. Ich hoffe, dass ich mir treu bleibe und immer mehr die Seele hochleben lassen kann, um Kraft für neue Herausforderungen zu haben. Morgen feiern wir den Heiligen Abend und irgendwie bin ich immer ein wenig traurig, weil vom wahren Sinn des Festes wenig in der Gesellschaft geblieben ist. Einerseits ist es nur mehr Brauchtum und andererseits greift der materielle Umsatzwahn von Jahr zu Jahr immer mehr um sich. Da muss ich an Jesus denken, der die Geldwechsler aus dem Tempel vertrieben hat. Ja, die erschöpfte, gehetzte und geängstigte Seele macht auch den Körper krank. Ich habe gerade einen guten Text gelesen:*

„Statt zu klagen – sich selbst verändern. Statt über Wohlstand zu schimpfen – sich selbst einschränken. Statt von Menschrechten zu reden – den Gastarbeiter freundlich grüßen. Statt von Sozialreformen zu reden – die Putzfrau freundlich behandeln. Statt Moral zu predigen – ein gutes Beispiel geben. Statt hundert gute Vorsätze zu erwägen – eine gute Tat vollbringen."

Tagebuch, 1.1.1980, Neujahr: *Die 70er-Jahre sind vorbei, und ein neues Jahrzehnt hat begonnen. Wir werden sehen, ob die Richtung bei mir stimmt. Und wie klug und richtungsweisend wir die Zukunft gestalten. Hoffentlich finde ich immer Menschen, die mich im Glauben und auf der Suche nach der Wahrheit begleiten und bestärken werden.*

Neben der vielen Arbeit unternahm ich einiges. Ich stieg auch im Winter auf Berge, fuhr Schi, schaute mir die Orte der Umgebung und deren Kirchen an, besuchte Bälle, las Bücher von Erich Fromm, Hermann Hesse und Albert Schweitzer und führte Gespräche mit Menschen, die ich oft zufällig traf. Wenn ich auf Bällen gewesen war, ging ich mit nur wenig oder gar keinem Schlaf in der Früh in den Stall, da das Melken meine Aufgabe war.

Im Kampf gegen die Sekten war ich – bis auf ein Radiointerview – in dieser Zeit nicht aktiv.

Tagebuch, 20.1.1980: *Ich selbst stehe oft vor dem geistigen Abgrund meiner Seele, wo ich einerseits vom Wahnsinn der Zeit mitgerissen werde und mich andererseits auch schwer den menschlichen Grenzen widmen kann. Man muss eben mit seiner eigenen Vergangenheit fertig werden und trotzdem nicht die Augen vor ihr verschließen. Ein Schicksal anzunehmen heißt nicht, dass man resigniert, sondern eher, dass man daraus lernt, nicht wieder die gleichen Fehler zu machen.*

Ich hegte viele Zweifel, ob es richtig war, was ich hier in Tirol machte. Ich fragte mich immer wieder: Wie soll und wird es nach diesem Jahr zu Hause weitergehen?

Tagebuch, 6.2.1980: *Wir Menschen unterscheiden uns von all den anderen Geschöpfen dadurch, dass wir wissen, dass es Gott gibt. Nur wir können uns mit der Sinnfrage auseinandersetzen, weil Gott uns als sein Ebenbild geschaffen hat. Darum könnte ich nie die Evolutionstheorie annehmen. Es wäre nicht nur eine Erniedrigung des Menschen, sondern auch eine Sinnverfehlung, da der Mensch für einen höheren Zweck erschaffen wurde, nämlich die Liebe Gottes zu verwirklichen.*

Obwohl die Berge ringsherum noch tief verschneit waren, konnten wir bereits Ende Februar Radieschen und Kartoffeln anbauen und diese mit einer Plastikfolie zudecken. Die Frühlingsluft tat mir gut, das junge, frische Gras weckte mit seinem Geruch in mir wieder ein Empfinden aus der Kindheit, wo wir mit der Sense Gras für die Schweine gemäht hatten. Der Geruch von frischem Gras löste in mir ein emotionales Erleben aus, das schwer beschreibbar ist, es tat mir gut.

Tagebuch, 23.2.1980: *Zwischendurch fallen mir immer wieder gute Gedanken von gescheiten Leuten ein, die ich schnell festhalten möchte, so zum Beispiel ein Wort vom alten Römer Cicero: „Versuche nicht ein anderer zu sein, sonst bist du ein Niemand.“ Wie treffend!*

Tagebuch, 21.3.1980: *Durch Verzicht bewahren wir unsere innere und äußere Freiheit. Das geschieht auch beim Fasten. Ich war jetzt eine Woche auf Urlaub zu Hause. Wir haben viel gemeinsam unternommen, sei es Skifahren auf der Weinebene, Turnen in Deutsch Goritz oder auch in unserem Dorf. Solch einen Zusammenhalt wie in unserer Heimat Siebing findet man selten irgendwo. Man könnte sagen, dass es uns im Blut liegt bzw. dass wir es von unseren Vorfahren übernommen haben. Auch in den wirtschaftlich schwierigsten Zeiten haben sie sich nicht davon abhalten lassen, den Musikverein und den Gesangsverein zu gründen.*

Für mein Leben gern las ich den englischen Parlamentarier Oliver Cromwell. Er sagte einst: „Der kommt oft am weitesten, der nicht weiß, wohin er geht."

Tagebuch, 5.4.1980: *Karsamstag. Ostern ist die Antwort auf alle unsere Fragen als Christen, aber es gibt vorher auch den Karfreitag, an dem Gott selbst den Preis für alle Schuld und unsere Vergehen bezahlte.*

Tagebuch, 6.4.1980: *Ostersonntag. Ich besuchte die heilige Messe im Innsbrucker Dom, wo der Chor die Händelmesse gesungen hat. Es war wunderschön. Auferstehung war spürbar für mich – der Tod wurde durch die Liebe Gottes überwunden und Frieden kehrte ein. Die Lüge des Reichtums besteht darin, dass wir das, was wir haben, mit dem verwechseln, was wir sind. Ja, wir wollen immer noch unsere innere Nacktheit, unsere Scham bedecken, wie einst Adam und Eva nach dem Sündenfall im Paradies.*

Tagebuch, 25.4.1980: *Mich spricht die Rede des Häuptlings der Duwamish-Indianer von Seattle vor dem Präsidenten der USA im Jahre 1855 sehr an, sodass ich einen Auszug daraus hier wiedergeben möchte:*

„Wir wissen, dass der weiße Mann unsere Art nicht versteht. Ein Teil des Landes ist ihm gleich den anderen, denn er ist ein Fremder, er kommt in der Nacht und nimmt von der Erde, was immer er braucht. Die Erde ist sein Bruder nicht, sondern Feind, und wenn er sie erobert hat, schreitet er weiter. Er lässt die Gräber seiner Väter zurück. Er stiehlt die Erde von seinen Kindern und kümmert sich nicht. Er behandelt seine Mutter, die Erde, und seinen Bruder, den Himmel, wie Dinge zum Kaufen und Plündern. Sein Hunger wird die Erde verschlingen und nichts zurücklassen als die Wüste. Was ist der Mensch ohne die Tiere? Die Erde gehört nicht den Menschen, der Mensch gehört zur Erde. Alles ist miteinander verbunden, wie das Blut, das eine Familie eint. Die Erde zu verletzen heißt, ihren Schöpfer zu verachten. Wenn die Büffel alle geschlachtet, die wilden Pferde gezähmt, die letzten Winkel des Waldes gerodet, die Hügel geschändet sind, was bleibt dann? Wo ist der Adler? Fort! Wenn wir euch unser Land übergeben, liebt es, so wie wir es liebten. Kümmert euch, so wie wir uns kümmerten, behaltet die Erinnerung an das Land so, wie es ist, wenn ihr es nehmt. Und mit all eurer Stärke, eurem Geist, eurem Herzen erhaltet es für eure Kinder und liebt es – so wie Gott uns alle liebt. Denn eines wissen wir, unser Gott ist derselbe Gott. Diese Erde ist ihm heilig. Selbst der weiße Mann kann dieser gemeinsamen Bestimmung nicht entgehen. Vielleicht sind wir doch alle Brüder? Wir werden sehen."

Tagebuch, 25.5.1980: *Pfingstsamstag. Auf einer langen Wanderung denke ich daran, dass morgen das Geburtstagsfest der Kirche gefeiert wird. Die Ausgießung des Heiligen Geistes über die Apostel, und Maria hat dies bewirkt. Der Heilige Geist ist auch der Geist der Liebe. Im Grunde geht es immer um*

Liebe (1 Kor 13). Aber ich denke auch daran, dass ich am Montag mit dem Jungvieh auf die Alm muss. Es ist schön, nichts zu besitzen. Nur so kann man alles sein Eigen nennen.

Tagebuch, 29.6.1980: *Am Nachmittag hatte ich eine Verabredung mit dem Jugendkaplan Ewald Gredler. Ich habe die Aussprache auch als Beichte genutzt, wodurch ich mehr Vertrauen gewann und meine Vergangenheit besser verarbeiten konnte.*

In der Früh musste ich auch an Sonntagen die Rinder versorgen, jeden zweiten Sonntag hatte ich aber am Abend frei, sodass ich an diesen Tagen meist längere Wanderungen unternahm – oft barfuß. In guter Erinnerung blieb mir die Wanderung auf den 2886 m hohen Reckner. Das Gipfelkreuz trug eine Tafel, die an einen jungen Mann erinnerte, der mit 21 Jahren dort tödlich verunglückt war. Es traf mich wie ein Blitz, dass dieser Mann genau am gleichen Tag wie ich geboren worden war.

Ich bekam auch mehrmals Besuch aus der Heimat, so von meinem Bruder Sepp, meinem Cousin Franz Berger mit seiner Frau Anni und von den Brüdern Toni und Hans List. Es sind wunderbare Menschen, die mir in meiner schwierigen Zeit treu blieben und mit denen ich gute Gespräche führen konnte.

Das ganze Jahr lang hatte mich noch niemand zu sich nach Hause eingeladen. Zum ersten Mal besuchte ich im November die Familie Gegenhuber in Rum.

Einmal im Monat ging ich zum Volkstanzen nach Innsbruck. Diese Art von Zusammenkunft holte mich aus dem Alltag raus und bescherte mir viel Freude. Ich lernte zwar einige junge Frauen kennen, für eine richtige Beziehung hat es jedoch nicht gereicht.

Ende November unternahm ich zum letzten Mal in meiner Tiroler Zeit eine Bergtour bei herrlichem Wetter.

Tagebuch, 8.12.1980: *Heute ist der Tag des Abschiednehmens. Nach der heiligen Messe ging ich ins Gasthaus Stern, wo ich oft gewesen war. Dort durfte ich den Bauern und Knechtsleuten den Wein aus meiner Heimat ausschenken, den mir der List Toni geschickt hatte. Ich habe auch eine kurze Ansprache gehalten über die Zeit hier in Arzl und ließ auch meine Kritikpunkte nicht aus. Was mir sehr missfallen hat, waren zum Beispiel die getrennten Tische für die Bauern und Knechte in den Wirtshäusern. Es gab natürlich viele schöne Traditionen, aber Sitten wie diese hindern den Menschen daran, gute und natürliche Beziehungen zu pflegen. Zu Mittag gab es noch ein gutes Essen in der Familie. Beim Abschiednehmen flossen auch Tränen.*

Mein Gepäck schickte ich mit der Bahn nach Hause. Mit meinem Rucksack machte ich mich auf den Weg, den ich ab Salzburg größtenteils zu Fuß erledigte. Auf dem Weg konnte ich in Ruhe über das vergangene Jahr nachdenken. Diese Wanderung tat mir so gut, dass ich auch in den kommenden sieben Jahren jeweils vor Weihnachten für eine Woche durch Österreich wanderte – „meine Herbergssuche" nannte ich das.

Diese Tage des Wanderns waren sehr wichtig für mich. Es war wie ein Filter, wo alles durchsickert und dabei gereinigt wird. Jeden Schritt und Atemzug erlebte ich wie ein Gebet. Es war eine Danksagung für meine Gesundheit, aber auch und vor allem für meine geistige Freiheit, die ich wieder Schritt für Schritt erlangen durfte. Auch das Wahrnehmen der neuen Momente wurde für mich schöner und kraftvoller.

Es ging zu Fuß über den Radstädter Tauern nach Tamsweg, dann hinauf bis zum Prebersee und weiter ins Seetal und Krakautal bis nach Murau. Es lag überall Schnee, und die Natur schwieg. Mit gutem Gefühl marschierte ich nun meiner neuen Zukunft entgegen. Trotz großer Erschöpfung und Blasen an den Füßen gab ich nicht auf. Ich marschierte dann das Murtal entlang, und kurz vor dem Gaberl machte ich in einer schneereichen Umgebung in einer Pension einen Tag Pause. Ich genoss die Stille, die einem hilft, bei sich selbst anzukommen.

Aber das Leben bedeutet weitergehen und nicht stillstehen. So schaute ich schon vorwärts, ob es mir einmal gegönnt sein würde, eine Familie zu haben, und fragte mich, wie meine Weggefährtin wohl aussehen werde. Jedenfalls versuchte ich meine Bausteine an Erfahrungen gedanklich zu einem Fundament für meine Zukunft zusammenzusetzen.

Bei 20 cm Neuschnee ging es dann über die Passhöhe hinunter nach Köflach, Voitsberg und weiter bis Ligist, Stainz und Preding. Einmal übernachtete ich für knapp 3,– € bei einer Bäuerin. Sie war seit Kurzem verwitwet und hatte neben den sechs Kindern und der Großmutter im Rollstuhl noch eine große Landwirtschaft zu versorgen. Was für ein Schicksal! Mit den Kindern spielte ich am Abend Mühle. Im Bett musste ich noch lange über diese tapfere Frau nachdenken.

Tagebuch, 19.12.1980: *Es ist mein Geburtstag. Es gab dichten Schneefall – was für ein passendes Geschenk. In Landscha bin ich noch über die alte Murbrücke gegangen, die wegen der neuen Brücke eigentlich schon gesperrt war. Beim Thaller in St. Veit habe ich mir ein Gulasch genehmigt. Die letzte Etappe nach Hause in Siebing führte über Lind, Rabenhof und Perbersdorf. Dieses Gehen hat mir sehr gutgetan. Es ist, als ob die Natur zu einem spricht. Und man lernt, genauer hinzuschau-*

en. Wenn sich ein kleiner Vogel auf einem Ast versteckt, ein Grashalm noch aus dem Schnee herausragt oder ein qualmender Rauch von einem alleinstehenden Haus aufsteigt, das alles löst bei mir ein Gefühl von innerem Frieden aus.

Mein Ankommen zu Hause war nicht mit Euphorie oder himmlischen Gefühlen verbunden. Eher mit der Frage: Was kommt jetzt? Wie geht es nun weiter? Wann werde ich wieder aufbrechen? Es ist schon interessant, dass diese Fragestellung mich noch immer gleich beschäftigte wie damals bei meinem ersten Aufbruch nach England. Ich hatte damals keine fertig formulierte Lehre, ich machte gerade eine innere Wandlung durch, deren Ziel die Liebe in sich trägt. Die regelmäßige Arbeit half mir zwar etwas, aber trotzdem fühlte ich mich noch immer wie ein entwurzelter Baum, der den Stürmen nicht standhalten kann.

Advent und meine Wanderung

Wie schon erwähnt, ging ich sieben Jahre lang jeweils eine Woche vor Weihnachten auf Wanderschaft. Ausgerüstet war ich nur mit Rucksack, Schlafsack, Bibel und meinem Tagebuch. Ich möchte diese Wanderungen nicht einzeln beschreiben, sondern nur ein paar Erlebnisse und Gedanken dazu aufschreiben. Die Entschleunigung in diesen Wochen hat mir immer sehr gutgetan, denn auch ich bin nicht gefeit vor dem Druck der Zeit. Es war die beste Vorbereitung auf Weihnachten.

Adventzeit 1980: Zeit der Stille, des Hineinhorchens und die Zeit des Reflektierens der eigenen Beweggründe. Dieses Warten ist schwer, ohne Hoffnung würde es keinen Glauben geben. Ja, ich fühle, dass ich einen Menschen brauche, der mir beisteht, mich versteht und bereit ist, ein einfaches Leben mit mir zu führen. Alles andere ist mir widerlich. Eine Ehe ist etwas so Besonderes und Heiliges für mich. Dieses Versprechen kann ich nur einem Menschen geben, der auch meine Werte mit mir teilen möchte. Das Glück zweier Menschen in einer familiären Geborgenheit – darin liegt meine Sehnsucht.

Einfach leben – anders leben

Gehen statt fahren, Rad statt Auto, Gras statt Asphalt, an einer Blume riechen statt rauchen, Familienleben statt Karriere, Kamillentee statt Alkohol.

Schauen statt fernsehen, Holz statt Beton, wiederverwerten statt wegwerfen, Jute statt Plastik, helfen statt raunzen, Freundschaft statt Ego-Sucht.

Weniger essen statt abmagern müssen, Energie sparen statt Atomstrom erzeugen, Mist streuen statt auf Kunstdünger umschwenken, weniger Geld statt Stress, Qualität statt Quantität.

Mehr Stille statt mehr Lärm, einfach leben statt Lebensstandard steigern, Glück statt Fortschritt. Einem Kind das Leben schenken statt abtreiben.

Mehr Natur statt mehr Technik, Gemeinschaft statt Einsamkeit, an Gott glauben statt am Leben verzweifeln, lieben statt hassen.

(Quelle unbekannt)

Der Beginn einer Adventwanderung ist ein Hinabsteigen ins Ausgeliefertsein. So wie Gott herabstieg und in Jesus Mensch wurde. Die Adventzeit kann und soll genützt werden zum Hineinhorchen in sich, gleichzeitig aber auch für ein Öffnen zum Nächsten hin, um auf diese Weise auch Gott näher zu kommen.

Es ist eine Zeit der Entbehrung, des Lebens als Bittsteller, des Sich-ausgesetzt-Fühlens, aber auch des Vertrauens in die Vorsehung Gottes. Das Gebet wird für mich immer mehr zur Nahrung für den Tag. Der Psalm 63 drückt genau mein Empfinden aus, wenn dort von der Sehnsucht nach Gott die Rede ist:

„Gott, mein Gott bist du, dich suche ich, es dürstet nach dir meine Seele." Ja, es stimmt, in Gott fühle ich mich geborgen.

Die ersten Tage einer Adventwanderung sind immer mühsam, weil man gedanklich schon weiter ist als dort, wo man gerade geht. Im Hier und Jetzt zu sein gelingt anfänglich nur schwer.

Vorweihnachtszeit. Es gab ein schwieriges, aber sehr schönes Erlebnis für mich. Ich stapfte durch den Schnee Richtung Osttirol, schon viele Stunden war ich unterwegs, bergauf und bergab, durch Wälder, über Steilhänge und verschneite Wiesen und an Dörfern vorbei. Gegen Abend erreichte ich ein Dorf. Ich war bereits sehr müde und erschöpft und versuchte eine Herberge zu finden.

Die Leute auf den Straßen schauten mich kopfschüttelnd an und gingen weiter. Wie immer startete ich beim ersten Haus und fragte nach einem Quartier für eine Nacht. Unsicherheit und Angst las ich in den Augen der Menschen. Sie versuchten mir zu erklären, dass es unmöglich war, bei ihnen zu nächtigen, und verwiesen mich auf den Nachbarn, der bestimmt einen Platz zum Schlafen hätte. Es war kein Ansatz von Weihnachtsstimmung zu finden. Von Haus zu Haus, von Tür zu Tür wurde ich vertröstet. Schon war ich beim letzten Haus angelangt, dasselbe Ergebnis. Aber ich war nicht verbittert, ich versuchte mich sogar in die Herzen der Menschen hineinzudenken. Sie waren voller Angst, das Vertrauen war ihnen vielleicht schon vor Generationen abhandengekommen, und der Friede im Herzen war erloschen. Daher war es ihnen auch nicht möglich, einem einfachen Wanderer einen Platz zu geben.

So ging ich weiter ins nächste Dorf, klopfte bei einer Frau an, die mir die Auskunft gab, dass es gerade heute ungünstig wäre, weil mehrere Leute ins Haus kämen, um den Brauch der Herbergssuche zu pflegen. Passender hätte die Ausrede gar nicht sein können.

Ich hatte noch immer kein Quartier, aber einen inneren Frieden, der mir mehr bedeutete als jeder materielle Besitz. Es war ein unbeschreibliches Gefühl. Als ob Weihnachten jetzt in meinem Herzen geschehen würde – inklusive vergeblicher Herbergssuche. Endlich fand sich ein Stall, in dem ich schlafen konnte. Ich war innerlich so glücklich und frei und dachte über den heiligen Franziskus nach, der schon vor langer Zeit zu meinem Lieblingsheiligen geworden war.

Nach diesem Erlebnis fiel mir Stefan Zweig ein: „Wir dürfen nicht hart werden an der Härte der Zeit."

Eines Nachts in einer kalten, zugigen Hütte fiel mir der Text von Bonhoeffer ein: „Von guten Mächten wunderbar geborgen, erwarten wir getrost, was kommen mag. Gott ist bei uns am Abend und am Morgen, und ganz gewiss an jedem neuen Tag." Diesen Text schrieb er im Gefängnis, wo er auf sein Todesurteil wartete.

An meinem Geburtstag dachte ich in meinem „Bett" am Boden liegend noch lange über den vergangenen Tag nach. Man kann noch so schwach sein, aber wenn man den Geist aufrichtet, erhebt sich auch der Körper leichter; man kommt zu neuen physischen Kräften. Entscheidend ist immer der Geist, nur er schafft das Leben neu. Wie oft wollte ich heute schon aufgeben, aber auf einmal bekommst du im Gehen wieder neue Kraft. Der Sonnenuntergang war heute besonders schön, und als es dunkel wurde und die Sterne funkelten, legte ich mich im Wald auf den Boden und schaute in den Himmel und fühlte mich wie ein Kind. Das Funkeln der Sterne und die Stille gaben mir ein Gefühl von Sicherheit. Das war wieder ein wunderbares Geburtstagsgeschenk.

Zwischendurch las ich das Buch von Solschenizyn „Der Archipel Gulag". Ich hatte nicht gewusst, wie der Kommunismus wirklich war. Unter der Führung von Stalin wurden 35 Millionen Menschen getötet. Was war das für ein grausames Jahrhundert mit all den Kriegen und Diktaturen!

Bei der Rückschau auf die Woche fühlte ich eine große Leichtigkeit in mir. Man wird dankbar für jeden Schritt, für jeden Atemzug und für jeden Blick – alles wird zu einer innigen Begegnung. Man wird beschenkt, ohne etwas in Besitz nehmen zu müssen, es ist wie eine Schule des Lebens. Wie könnte man sich besser auf das Weihnachtsfest vorbereiten? Diese Woche war wie ein Aufbrechen nach Bethlehem. Ich habe nun ein wenig besser verstanden, dass Bethlehem in meinem Herzen liegt. Bin ich bereit, es Jesus zu übergeben oder ihn in mich einzuladen? Er ist immer auf Herbergssuche und hofft, eine solche in unserem Inneren zu finden.

Alltag zu Hause

In diesem Kapitel möchte ich nun über mein Leben am Hof bis zu den tragischen Ereignissen am Hochschwab berichten und einige Gedanken von damals niederschreiben. Im nächsten Kapitel geht es dann um die Reisen in diesem Zeitraum.

Ab Mitte 1981 lebte ich bis auf meine Reisen und die Adventwanderungen auf dem Hof meiner Eltern. In der warmen Jahreszeit wohnte ich in dem umgebauten Getreidekasten – in „meiner Hütte". Es gab da drinnen insgesamt vier Schlafplätze, die Reisenden und Studenten kostenlos zur Verfügung standen – ein kleines Dankeschön für die vielen Male, die ich auf meinen Reisen von Fremden aufgenommen und beherbergt wurde.

Sowohl mein älterer als auch mein jüngerer Bruder hatten kein Interesse daran, den Hof zu übernehmen. Darum vereinbarte ich mit meinem Vater, dass ich einmal den Hof weiterführen würde. Trotzdem blieb mein Vater der Bauer, bis er 86 Jahre alt war und ich nach meiner Hochzeit den Hof tatsächlich übernahm.

Tagebuch, 26.11.1981: *Das schöne Herbstwetter hält noch immer an. Jede Frucht konnte gut und voll ausreifen. Und wie steht's mit mir? Ich habe das Gefühl, mir in diesem Jahr schrittweise nähergekommen zu sein. Oft war ich von tiefster Finsternis betroffen und ganz überraschend kamen wieder Lichtstrahlen über mich. Ich habe viele wertvolle Menschen kennengelernt. Und von ihnen gelernt.*

Die Arbeiten am Hof taten mir gut, und das Leben erfuhr dadurch eine gewisse Abwechslung.

Tagebuch, Februar 1982: *Ich lese gerade Tolstoi und auch einiges von anderen russischen Schriftstellern und großen Denkern. Es wäre mein größter Wunsch, dieses Land und seine Menschen kennenzulernen. Ich fühle mich geistig mit ihnen so verbunden. Wie schön wäre es, könnte ich diesen Boden betreten, das Land durchwandern und den Menschen dort begegnen. Es würde meine Wanderschaft nur bereichern. Ich werde mich von diesen zwei Zielen wohl nie trennen können: Einerseits Bauer zu sein, eingebunden in den Lebensrhythmus der Natur, und andererseits ein Wanderer sein zu wollen, ohne materiellen Besitz. Franziskus ist deshalb für mich mein größtes Vorbild, aber leider habe ich diese Gotteserfahrung noch nicht gemacht.*

Im August 1982 wurde mein Wunsch erfüllt, und ich fuhr mit dem Alpenverein für zwei Wochen nach Russland. Nach einer kurzen Besichtigung von Moskau ging es zum 1600 m hoch gelegenen Dombai, einem Erholungsgebiet im Süden von Russland nahe der georgischen Grenze. Von dort erwanderten wir in einem Naturschutzgebiet mehrere Pässe, Gletscher und Berggipfel.

Bei einer Tanzveranstaltung im Hotel lernte ich Lena kennen. Ich konnte mich nur über unseren Dolmetscher mit ihr unterhalten. Sie erzählte mir, dass wir über eine englisch sprechende Freundin den Kontakt aufrecht halten könnten. Obwohl ich keine Vorstellung davon hatte, was daraus werden sollte, tauschten wir unsere Kontaktadressen aus. Ich glaubte, dass ich mich in sie verliebt hätte.

Als Höhepunkt der Reise überquerten wir in einer ca. zehnstündigen Wanderung den Kaukasus, das bis zu 5600 m hohe Gebirge zwischen dem Kaspischen und dem Schwarzen Meer.

Die letzten paar Tage verbrachten wir in Sotschi am Schwarzen Meer. Dort lernte ich noch die Pianistin Natascha aus Leningrad, dem heutigen St. Petersburg, kennen, die sehr gut Deutsch sprach.

Die Rückreise war recht abenteuerlich. Aus irgendwelchen Gründen durfte das Flugzeug nicht in Moskau landen und wurde nach Kiew umgeleitet. Wir verbrachten die ganze Nacht am Flughafen und schliefen zwischen unseren Gepäckstücken, bis wir dann doch nach Österreich weiterfliegen konnten.

In dieser Periode meines Lebens half ich immer wieder

Sektenmitglieder herauszuholen. Im Spätherbst 1982 sprach mich eine Wiener Familie an, ob eine Deprogrammierung ihrer Tochter, die Anfang 20 war, bei mir zu Hause möglich wäre. Es war ein Amerikaner engagiert worden, der sich gut mit dieser kleinen Sekte auskannte und mit Deprogrammierungen sein Geld verdiente.

Die Eltern gaben ihrer Tochter Schlafmittel, zwei Burschen trugen sie in einen Teppich eingerollt zum Auto und brachten sie auf unseren Hof. Die zwei Burschen waren aber nicht sehr aufmerksam, sodass die junge Frau gleich am ersten Tag durch das Fenster fliehen konnte. Erst einige Zeit später gelang es ihr dann doch noch von der Sekte wegzukommen.

Obwohl ich nur den Raum zur Verfügung gestellt hatte, wurde ich in Wien zu einer Geldstrafe verurteilt. Diesem Vorfall wurde in der Presse große Aufmerksamkeit gewidmet. So wurde auch der ehemalige Unterrichtsminister Piffl-Percevic darauf aufmerksam. Da auch jemand in seinem Umkreis in einer Sekte gefangen war, bezahlte er für mich die Strafe, um so den Kampf gegen die Sekten zu unterstützen.

Im Jahr darauf konnte ich in einer Fernsehsendung im ORF über die Sekten, meine Vergangenheit und die verwendeten Methoden sprechen. Viele Religionslehrer der Umgebung verwendeten über viele Jahre diese Sendung in ihrem Unterricht.

Tagebuch, 31.1.1983: *Habe einen Film über die Machtübernahme Hitlers gesehen. Ich war total am Boden zerstört ob dieser mörderischen Brutalität und der unglaublichen Verbrechen. Ich hatte ja vorher – außer in Israel – noch fast nichts von dieser Zeit gehört oder gelesen. Wie konnte so etwas nur geschehen? Lieber Gott, beschütze uns vor solchen Ver-Führern, die den Menschen ihre Würde nehmen. Gib den Men-*

schen genug Weisheit und Klugheit, sodass sie die Lüge entwaffnen können. Ich hoffe, dass ein solches System niemals mehr an die Macht kommt.

Tagebuch, 4.4.1983: *Frühjahr. Ohne Hast und Eile entfaltet sich alles voller Harmonie und Sorgfalt. Jedes Blatt, jede Blume und jeder Zweig entwickelt sich neu, und keiner gleicht dem anderen. Die Natur strahlt Ruhe und Frieden aus. Selbstlos und voller Hingabe ergänzt eines das andere und macht es so zu einem wundervollen Ganzen.*

Tagebuch, 27.5.1983: *Im Augenblick mache ich Regie für einige Sketche von Karl Valentin, die im Dorf aufgeführt werden. Die Arbeit zu Hause behält ihren Rhythmus.*

In dieser Zeit war ich aktives Mitglied der Theaterspielgruppe in Siebing. Anfänglich spielten wir hauptsächlich volkstümliche Stücke, später gingen wir dazu über, selbst geschriebene Cabarets aufzuführen.

Tagebuch, 9.4.1984: *Inzwischen ist es Frühling geworden. Wir hatten einen langen Winter mit viel Schnee. Ich habe diese Zeit sehr genossen. Das Korbflechten in der Stube ist für mich eine Zeit der Muße. Jetzt aber sind schon die Schwalben wieder da, und die Tage werden spürbar länger. Die Knospen beginnen sich zu öffnen; jede einzelne ist ein Wunder von unvergleichlicher Schönheit. Keine einzige menschliche Errungenschaft kann sich damit messen.*

Tagebuch, 7.7.1984: *Gestern war ich beim Begräbnis von Hans Urdl aus Peggau. Er war ein Kriegskamerad meines Vaters. Rückblickend kann ich sagen, dass das einzig Positive, das von den Kriegszeiten übriggeblieben ist, die Freundschaf-*

ten sind. Ich kenne diesen Mann schon seit meiner Kindheit, weil er jedes Jahr einmal auf Urlaub bei uns war. Er hatte die Gabe des Erzählens, mit der er immer alle zum Staunen brachte. Er konnte die Dinge sehr bildhaft und fantasiereich in Geschichten verpacken. Er war ein Mensch des Humors und nie verletzend. Man spürte viel Wärme in seiner Nähe und wusste sich geliebt. Erst später erfuhr ich, dass er auch ein Leidender war, aber das behielt er ganz für sich. Ich hoffe, dass er für all die wunderbaren Begegnungen im Himmel belohnt wird. Für mich war er ein Großer.

„Humor ist keine Gabe des Geistes. Es ist eine Gabe des Herzens."

Bis in den Herbst 1984 hinein verrichtete ich die täglichen Arbeiten in der Landwirtschaft ohne besondere Höhepunkte. Am 3. November fuhr ich mit Paul Rebene und Luis Zelzer nach Heiligenblut, wo wir den Sonnblick mit seinen 3300 Höhenmetern besteigen wollten. Es war herrliches Wetter, die Lärchen waren goldig gefärbt, und für mich ging ein Kindheitstraum in Erfüllung, weil ich oft von dieser höchstgelegenen Wetterstation Österreichs gehört hatte. Der Aufstieg dauerte von 7.30 bis 12.30. Die Burschen hielten gut mit, was mich sehr überraschte. Eigentlich wollten wir am Nachmittag noch einen zweiten Gipfel besteigen, aber wir mussten umdrehen, denn es war ohne Seil doch zu gefährlich. Außerdem hatte Paul schon sehr gefroren. Nach einer kalten Nacht folgte wieder ein schöner Tag, an dem wir abstiegen.

Der Jänner 1985 war sehr kalt und mit Schnee gesegnet. Ein bisschen wurde im Wald gearbeitet, ansonsten verbrachten wir die Tage im Haus beim Korbflechten. Auch der gleichmäßige Rhythmus der täglichen Stallarbeiten tat gut und ließ mich zur Ruhe kommen. Jetzt war auch die Zeit des Lesens. Früher hatte ich viel Hesse und Kafka gelesen, aber sie konnten mir auch keine klaren Antworten in Bezug auf das Leben geben.

Für mich hat Viktor Frankl einen der besten Ansätze für den Sinn des Lebens. Sein Schwerpunkt ist die Sinngebung, nicht die Sinnsuche. Aus jeder meiner Handlungen kann ich Kraft schöpfen, ist Frankl überzeugt.

Und er ist ein glaubwürdiger Zeuge, hat er doch in Auschwitz seine ganze Familie verloren. Er selbst hatte auch keine Aussicht, lebend dieser Hölle zu entkommen. Aber er schaffte es und konnte sogar dieser Situation einen Sinn geben und daraus Hoffnung schöpfen. Er war kein Christ, aber als Jude trug er diese Botschaft der Liebe in sich.

Damals las ich auch einiges von Erich Fromm: „Haben oder Sein" und „Die Kunst des Liebens". So wie ihn und Viktor Frankl gibt es viele Literaten, Psychologen und Philosophen jüdischer Herkunft. Auch in der Forschung und Medizin leisteten Juden Hervorragendes. Wien wurde durch sie im 19. Jahrhundert zur kulturellen Hochburg. Das jüdische Volk ist das auserwählte Volk Gottes, wie wir aus dem Alten Testament wissen. Als ich in Israel war, konnte ich sehen, wie aus der Wüste fruchtbares Land gemacht wurde. Mir persönlich machte nur ihre Selbst-Gerechtigkeit zu schaffen.

Jesus ging da einen wesentlichen Schritt weiter. Nicht in der Gesetzestreue gegenüber Gott liegt für ihn der Sinn, sondern in der Ganzhingabe aus Liebe. Nur dadurch kann innere Verwandlung und Umkehr geschehen. Jesus am Kreuz ist für die Juden das größte Ärgernis, für alle anderen eine Torheit, für uns aber, die wir gerettet werden, ist es Gottes Kraft. „Darum hat Gott das Törichte in der Welt erwählt, um die Weisen zuschanden zu machen, und das Schwache in der Welt hat Gott erwählt, um das Starke zuschanden zu machen." (1 Kor 1,27) Ich weiß, auch ich habe mich noch nicht richtig verwandeln lassen.

Tagebuch, 4.5.1985: *Wieder einmal muss ich ein seelisches Tief mit depressiver Stimmung erleben, aber aus eigener Schuld. Ich hatte mich in St. Lambrecht in ein Mädchen verliebt, das schon einen Sohn hatte. Ich bildete mir ohne viel Nachdenken ein: Sie ist die Richtige für mich. In mir steckt immer noch diese sektiererische Haltung, bei der es nur richtig oder falsch gibt. Eine Beziehung muss aber langsam aufgebaut werden, man muss sich ja erst kennen lernen und prüfen, ob die Wertvorstellungen übereinstimmen. Wir hatten es aber sehr eilig und legten sogar schon einen Hochzeitstermin fest. In der Rückschau ist das einfach beschämend und dumm. Ich erinnerte mich an Indien, wo alle Hochzeiten von den Eltern arrangiert werden, ohne die betroffenen Kinder zu fragen.*

Heute frage ich mich, wie mir das damals passieren konnte. Ich stand nicht unter Drogen; das hätte mein Verhalten erklärt. Auch die Einwendungen meiner Eltern wollte ich nicht annehmen. Aber nach einem neuerlichen Gespräch mit dem Mädchen und auch mit Abt Strohmaier lösten wir unsere Beziehung in gegenseitigem Einvernehmen wieder. Das war für mich eine demütigende Lektion, dass man den Hausverstand gerade bei so wichtigen Entscheidungen nicht ausschalten sollte.

Tagebuch, 27.7.1985: *Gestern gab es heftigen Hagel. Alle Kulturen wurden in Mitleidenschaft gezogen. Die Natur zeigte sich wieder einmal in ihrer Unberechenbarkeit und Größe, der sich der Mensch unterwerfen muss, ob er will oder nicht. In Asien habe ich Dürre erlebt oder sintflutartige Regenfälle, die ganze Dörfer überflutet haben. Der Mensch ist diesen Phänomenen hilflos ausgeliefert. Auch bei uns war am 7. August der Wasserstand der Donau schon bei über 7 Meter.*

Tagebuch, 30.7.1985: *Ich sehe mich wieder einmal vor die Frage gestellt, wie meine Zukunft aussehen wird. Soll ich in einen Orden eintreten und als Missionar in Indien arbeiten? Aber auch der Wunsch nach Familie und Kindern ist stark in mir vorhanden. Ich habe eine tiefe Sehnsucht nach Harmonie, nach Frieden und Geborgenheit in mir. Ich fühle mich von einem liebenden Gott getragen, der selbst alles Leid der Welt nur für mich auf sich genommen hat, um mir dann am Ostermorgen neues Leben einzuhauchen.*

Die Arbeiten am Hof brachen auch im Herbst nicht ab: Kürbis putzen, Silo einschneiden, Mais dreschen, Mist ausbringen, pflügen, und zusätzlich half man auch noch den Nachbarn und Bauern, wenn Not am Mann war. Jeder war über die Nachbarschaftshilfe froh, vor allem beim Kren-Ausbauen waren viele Hände gefragt.

Tagebuch, Silvester 1985: *Es ist ein Tag, an dem man Rückschau hält, aber auch nach vorne blickt. Mein Reifungsprozess dauert noch an und wird vermutlich bis zum Lebensende nicht abgeschlossen sein. Ich hoffe und bete, dass ich meinen Weg gewissenhaft weitergehen kann. Mein größter Wunsch ist, einmal eine glückliche Familie zu haben.*

Tagebuch, Jänner 1986: *Etwas macht mir besonders zu schaffen: Anderen kann ich helfen, mir selbst aber nicht. Ich habe offensichtlich die Gabe, andere zu stärken, ich selbst bleibe aber schwach zurück. Ich kann anderen den Glauben weitergeben, selbst bleibe ich aber im Zweifel. Warum ist das*

Christsein so schwer? Ich hadere auch mit dem Wahnsinn, der mit großer Geschwindigkeit über uns hinwegfegt. Es geht um Gier, Macht und Geld; das Wort Fortschritt mag ich gar nicht mehr hören. Ich meine, dass der Materialismus uns die eigentliche Lebensexistenz geraubt hat. Jegliches Empfinden für das Wahre, Gute und Schöne wurde uns genommen, oder wir haben es uns freiwillig nehmen lassen. Gerade wir Bauern hätten diesbezüglich eine große Verantwortung. Ein Bauer sagte einmal, dass er ungläubige Bauern nicht verstehen könne. Leute, die das Wachsen und Reifen Jahr für Jahr aus nächster Nähe beobachten können, müssten doch logischerweise an einen Schöpfer-Gott glauben. Auch mir kommen solche Gedanken immer wieder und ich muss sie, wenn sie kommen, auch zu Papier bringen.

Tagebuch, 25.3.1986: *Die Schwalben sind wieder da, das ist für mich ein Festtag. Die Kraft des Frühlings lässt die Natur wieder neu erblühen. Die Wärme der Sonne und die Flüssigkeit des Wassers ergeben in ihrem Zusammenwirken eine wunderbare Symphonie der Fruchtbarkeit. Allein die Apfelblüten bergen mit ihrem Duft eine paradiesische Schönheit in sich, welche die Bienen anlockt, um sie zu bestäuben, damit aus den Blüten auch tatsächlich Früchte werden können. Und so nebenbei beschenken sie uns auch noch mit bestem Honig. Man kann über den geheimnisvollen Kreislauf der Natur nur andächtig staunen.*

Tagebuch, Ostersonntag 1986: *Wir Christen feiern das größte Fest, das Auferstehung heißt. Es könnte in keine andere Jahreszeit besser passen als in den Frühling, in der auch die Natur gewissermaßen aufersteht und neues Leben hervorbringt.*

Tagebuch, 24. Juni 1986: *Heute haben wir sechs Fuhren Heu unter das Dach gebracht. Der Wetterbericht hatte Regen angekündigt. Da habe ich in der Nacht darum gebetet, dass wir wenigstens das Heu trocken einbringen können. Und das Gebet wurde erhört. Ich bin sehr dankbar dafür und mein Glaube ist wieder ein Stück gewachsen.*

Der Herbst war wunderschön; es gab einen Monat lang keinen Regen. Der Wein wurde hervorragend und die Maisernte gut. Es war und ist immer ein wohltuendes Gefühl, wenn die Arbeiten am Feld beendet sind und die Bauersleute zur Ruhe kommen können.

Am 23. November 1986 war Nationalratswahl. Der hohe Zuspruch zu Jörg Haider beunruhigte mich. Seine Wortwahl, mit der er die Massen ansprechen konnte, empfand ich als gefährlich; wahrscheinlich, weil sie mich an meine Zeit in der Sekte erinnerte. Diese Sprache war polarisierend, alle anderen Parteien sind schlecht, nur er weiß, wie es geht. Hitler hatte die gleiche Masche. Aber viele lieben diese Art Politiker, denen man scheinbar die Verantwortung übertragen kann, weil man sie selbst dann nicht zu tragen braucht. Die Zukunft hat gezeigt, was er wert war. Ich habe oft den Eindruck, dass wir eigentlich gar keine Demokratie sind und keine Eigenverantwortung übernehmen wollen.

Um Pater Reinhold Bocek gründeten wir damals eine Bibelrunde. Wir waren sieben Personen, die sich zwar nur unregelmäßig trafen, aber die Gemeinschaft tat gut.

Sich auf Gott einzulassen, bedeutet mehr als am Sonntag in die Kirche zu gehen. Christsein heißt, sein Leben Gott zu übergeben, er bestimmt die Richtung und das Ziel meines Lebens. Das kann schon deshalb nicht falsch sein, weil Gott die Liebe ist.

Vom 11. bis 20. April 1987 machte ich in Salzburg die Ignatianischen Exerzitien. Wir waren vier Personen aus der Pfarre. Der Leiter dieser geistlichen Übungen war P. Neureiter. Es sind im Prinzip Schweigeexerzitien. Es ist ein neuer Zugang zum Wort Gottes, das im Schweigen sozusagen innerlich verkostet wird. Diese Tage waren sehr intensiv und auch eine Einübung in den Gleichmut. Man lernt dabei auch Grenzerfahrungen kennen, wie etwa das Loslassen von Dingen, um uns dann im Tod von Gott beschenken und zu neuem Leben verwandeln zu lassen.

Es geht dabei auch um die Erkenntnis, was die Sünde mit uns macht. Sie verspricht viel, hält aber nichts, und zum Schluss zerstört sie alles. Aber die Osterbotschaft ist stärker. Jesus lebt und ich möchte ihn durch mein Leben bezeugen, indem ich in jedem Menschen, dem ich begegne, Jesus erkennen lerne.

Tagebuch, 25. Dezember 1987: *Christus, der Retter, ist da. In eine Krippe hat man Dich gelegt. Als Kind kamst Du zu uns Menschen, in großer Demut und Sanftmut. Nicht als Herrscher, ohne Heer und ohne Waffen. Lasst uns die Knie beugen vor dem Kind. Du hast Dich klein, schwach und verwundbar gemacht, abhängig von uns, Deinen Geschöpfen. Wer kann Deine Pläne verstehen? Wer kann Deine Liebe begreifen? Wie oft hast Du mich aufgerichtet und neu gestärkt. Ja, Du wurdest schwach, um die Schwachen stark zu machen. Du wurdest arm, um die Armen reich zu machen. Du hast gelitten, um die Leidenden mit neuer Hoffnung aufzurichten. Ich wünsche mir zu Weihnachten, dass ich im Nächsten Dich erkennen kann.*

Ich möchte jetzt zur Jahreswende einen Text von Robert Holly einblenden:

Gegen den Strom
Weil du den Vorstellungen der Anderen, die du kennst,
nicht mehr entsprichst,
weil du die Hoffnung, die Erwartung,
die sie von dir haben, brichst,
bist du für sie nur irgendwie
ein dunkler Fleck, den man verbannt.
Sie gehen vorbei mit düsterem Blick,
als hätten sie dich nie gekannt.
Sie kennen kaum dein kleines Leben,
all das Schwere, das dich drückt, und
du kannst dir kaum erklären, wie oft
das dir ist missglückt.
Im letzten wird man, so scheint es mir,
wohl immer unverstanden sein,
und irgendwann bleibt man im Glück,
im Kummer, mit sich selbst allein.
Bist du ein Christ, der ehrlich kämpft,
dann wirst du oft sehr einsam sein.
Verbannt in diese laute Welt verwirft
man dich wie einen Stein.
Bald zwingt man dich zu denken,
wie die Welt in ihrem Hochmut denkt.
Und leistest du dann Widerstand, wirst
du im eignen Blut ertränkt.
Fürchte dich nicht vor dem Leiden,
sei getreu bis in den Tod;
am Ende trägt dich dann
die Liebe über alle dunkle Not.
Erfülltes Leben wird dein Sieg.
Nichts kann im Grunde dem geschehen,
der in den Spuren Christi geht.

Am 22. Juni 1988 machten wir, eine Gruppe von 21 Leuten, uns auf, um beim Gottesdienst mit Papst Johannes Paul II. in Gurk dabei zu sein. Kaplan Josef Hacker war auch mit uns unterwegs und begleitete uns spirituell.

Am 25. Juni wurde dann der große Gottesdienst mit dem Heiligen Vater zu Ehren der heiligen Hemma, der Landespatronin von Kärnten, gefeiert.

Inzwischen freundete ich mich mit Rosi Schantl an, sie besuchte in Haidegg die Hauswirtschaftsschule und war sehr engagiert und liebenswert. Um am 26. Oktober 1988, dem Nationalfeiertag, den Drei-Dörfer-Wandertag durchführen zu können, markierte ich die vorgesehene Strecke. Rosi war auch dabei. Die Beziehung zu ihr wurde immer schöner. Ich konnte nur dankend für sie, für uns, beten, dass diese Freundschaft auf einem guten Boden weiterwachsen werde. Aber das Schicksal hatte leider etwas ganz anderes vor. Davon aber später.

Meine Reisen 1980–1988

Beim Bauorden in Italien

Im November 1980 gab es in Kalabrien im südlichen Italien ein starkes Erdbeben. Mehrere tausend Menschen kamen ums Leben, mehr als 10.000 Bewohner wurden verletzt und mehr als 300.000 obdachlos. Wegen der alten Bauweise mit Steinen waren sehr viele Gebäude eingestürzt.

In einer Zeitschrift las ich, dass es die Organisation „Bauorden" gibt, die für diese Region freiwillige Helfer sucht, die bereit sind, für einen Monat dort ehrenamtlich Hand anzulegen und beim Wiederaufbau zu helfen. Ich war gleich von der Idee begeistert. Mein Vater stimmte, wenn auch etwas zögerlich, zu, dass ich im Sommer einen Monat für die Arbeit am Hof ausfallen würde.

Anfang August 1981 ging es los, mit dem Zug zuerst nach Rom und nach einem kurzen Aufenthalt dann weiter nach Neapel und Valva. Im Süden waren die Züge total überfüllt und hatten erhebliche Verspätungen, daher kamen wir erst gegen Mitternacht an. Die Nacht verbrachte ich im Freien, die anderen aus der Truppe in Zelten. Valva ist ein kleiner Gebirgsort mit damals etwa 1000 Einwohnern, der durch das Erdbeben zu 60 % zerstört worden war.

Obwohl schon neun Monate seit dem Beben vergangen waren, war der Schutt in vielen kleinen Gassen noch nicht weggeräumt, sodass man sie nur mühsam zu Fuß begehen konnte. Etwas außerhalb des Ortes gab es ein Zeltlager, in dem die Obdachlosen Unterkunft gefunden hatten. Erst während unseres Aufenthaltes kamen Bagger, die den Schutt aus den Gassen wegräumten.

Aus Österreich waren wir zwölf Personen, und eine zweite, etwa gleich große Gruppe kam aus Belgien. Unsere Aufgabe bestand darin, am Aufbau eines Frauenklosters mitzuarbeiten. Die Schwestern wohnten einstweilen in anderen Klöstern. Wir waren ganz auf uns allein gestellt, ein Ingenieur kam lediglich alle paar Tage vorbei, um die nächsten Arbeiten mit uns zu besprechen.

Baumaterial und auch die notwendigen Maschinen, wie Mischmaschine und ein kleiner Bagger, wurden uns zur Verfügung gestellt. Lebensmittel konnten im Ort gekauft werden. Im Keller war eine provisorische Küche eingerichtet, in der die weiblichen Mitglieder unserer Gruppe auf kleinen Gaskochern uns zwei Dutzend Freiwillige bekochten.

Wir arbeiteten von 7 Uhr bis 16 Uhr und nächtigten in einer Halle in Schlafsäcken.

Das Erdgeschoss des Klosters stand noch, der erste Stock und das Dach waren zu Gänze eingestürzt. Als Erstes musste der ganze Schutt mit dem kleinen Bagger weggebracht werden. Um das Erdgeschoss zu stabilisieren, wurden zuerst ein stabiler Kranz und dann eine zusätzliche Decke betoniert. Da kein Kran vorhanden war, musste der Beton händisch ins erste Geschoss hinaufbefördert werden.

Um den 15. August herum gab es drei Tage frei. Diese Zeit nützte ich, um mit den Schwestern Martha und Hemma per Autostopp nach Sizilien zu fahren. Wir hatten Glück, immer gleich mitgenommen zu werden, sodass wir trotz der insgesamt 1000 km Autofahrt noch Zeit für Sizilien hatten. Es war sehr schön und interessant. Wir umrundeten den Vulkan Ätna und sahen uns dabei die Städte an. Dort hörte ich zum ersten Mal in meinem Leben von der Mafia. Alle, die uns mitnahmen, empfahlen uns gleich Lokale und Geschäfte, deren Inhaber mit ihnen verwandt waren und bei denen wir durch Nennung des Namens besondere Konditionen bekommen würden.

Mit der Bevölkerung von Valva hatten wir nur wenig Kontakt, es gab lediglich an einem Abend ein Fußballspiel gegen die lokale Mannschaft. Wir gewannen 4:2, und ich als Tormann trug natürlich wesentlich zu diesem Erfolg bei. Es war interessant: Unsere Aufbauarbeit als Volontäre bekam sehr wenig Aufmerksamkeit, für diesen Sieg gab es aber viel Lob. Ab diesem Zeitpunkt war der Bann gebrochen, und wenn uns jemand auf der Straße erkannte, so wurden wir gleich in einer Bar auf ein Getränk eingeladen. Leider war der Monat schon fast zu Ende.

Mein Einsatz beim Bauorden war für mich ein schönes Erlebnis, und ich kann den jungen Leuten nur empfehlen, das auch einmal zu machen. Es entstanden dabei auch einige Freundschaften.

Reise nach Russland und Skandinavien

Bei der Fahrt mit dem Alpenverein nach Russland ein Jahr zuvor hatte ich mich ja in ein Mädchen, Lena, verliebt. Wir standen seither in Briefkontakt, konnten aber nicht direkt kommunizieren. Sie schrieb mir auf Russisch und ich auf Englisch zurück. Ein Dolmetscher in der Umgebung übersetzte mir die Briefe. Darum wollte ich noch einmal nach Russland fahren, um mir Gewissheit über die Tragfähigkeit dieser Beziehung zu verschaffen. Die Rückreise sollte dann über Finnland und Schweden erfolgen.

Anfang August 1983 machte ich mich gemeinsam mit meinem Freund Sepp Prisching auf den Weg nach Russland.

Um halb 4 Uhr Früh brachen wir mit dem Zug nach Wien auf, wo ich noch die Tickets für die Weiterfahrt abholen musste. Dann ging es vom Ostbahnhof Richtung Budapest, wo uns einige Stunden zur Besichtigung des Zentrums blieben. Um Mitternacht setzte sich dann der Zug in Richtung Russland in Bewegung. Im Abteil waren hauptsächlich russische Fahrgäste, sodass wir uns kaum verständigen konnten. Um etwa drei Uhr kamen wir an der Grenze der damaligen UdSSR an. Die Abfertigung dauerte zwei Stunden. Ein Beamter erwartete uns schon und gab uns genaue Anweisungen, dass wir diesen Zug in Moskau nicht selbstständig verlassen dürften, sondern von einem Beamten abgeholt würden.

Die Fahrt führte dann zunächst durch die Ukraine mit einer erst hügeligen Landschaft und netten Ortschaften. Weiter hinein wurde die Gegend flacher und somit auch fruchtbarer. In Kiew machten wir kurz Halt. Auf den Bahnhöfen wurden uns von den Bauern immer Lebensmittel angeboten, aussteigen durften wir jedoch nie. Unterwegs sah man noch viele Pferdefuhrwerke wie in der Zeit meiner Kindheit.

In Moskau kamen wir nach 36 Stunden Fahrzeit zu Mittag an. Wir wurden von einem Guide abgeholt und mit dem Taxi ins Hotel Kosmos gebracht. Nach dem Bezug der Zimmer verabredete ich mich mittels meiner sehr bescheidenen Russisch-Kenntnisse mit Lenas Schwester telefonisch auf dem Roten Platz. Lena selbst, die 1600 km entfernt in der Nähe der Grenze mit Georgien lebte, landete erst etwas später mit dem Flugzeug. Obwohl ich Lenas Schwester noch nicht kannte, gelang es mir, mich mit ihr auf dem Roten Platz zu treffen. Als Kennzeichen diente ein Strauß roter Rosen. Bald danach kam auch Lena dazu.

Das Wiedersehen war ein sehr schönes Erlebnis, aber die Wirklichkeit holte mich schon sehr bald ein. Lena hatte das ganze Jahr über kein Englisch gelernt. Ich brauchte immer das russische Wörterbuch, um mich mit ihr verständigen zu können, und das ging nur sehr holprig.

Den nächsten Tag verbrachten wir zu dritt mit Lena in

einem Ausstellungsgelände, wo Raketen, Flugzeuge sowie viele andere technische Errungenschaften ausgestellt waren. Zum Glück lernte ich hier einen ungarischen Studenten kennen, der gut Russisch und Deutsch sprach. Wir baten ihn, uns als Dolmetscher zu helfen. Abends gingen wir gemeinsam in ein Restaurant, wo es auch eine Tanzveranstaltung gab.

Ich erkannte immer mehr, dass aus der Beziehung mit Lena nichts werden konnte, da wir aufgrund der Sprache, Kultur und der politischen Situation nur schwer zusammenfinden würden. Am nächsten Tag brachten wir Lena zum Flugplatz. Es war ein trauriger Abschied, da ich ihr zu verstehen geben musste, dass aus uns beiden keine Partner werden würden. Obwohl mir der Kopf sagte, dass der Schluss gemacht werden müsse, litt mein Herz noch einige Zeit danach.

Von einem Guide wurden wir wieder auf den Bahnhof zum Nachtzug nach Leningrad, dem heutigen St. Petersburg, gebracht. Nachdem wir um sechs Uhr früh angekommen waren, wies man uns ein gutes Hotel zu. Alle Hotels hatten wir schon vor Reisebeginn bezahlen müssen, allerding durften wir deren Namen vorher nicht erfahren, um ja keine Verabredungen mit Privatpersonen treffen zu können.

Obwohl es verboten war, Rubel einzuführen, hatte ich sie vorher in Österreich eingewechselt und unter der Schuhlasche nach Russland mitgenommen. Dadurch stand mir ca. fünfmal so viel Geld zur Verfügung als es bei einem offiziellen Umtausch vor Ort möglich gewesen wäre.

In Leningrad trafen wir uns mit der großartigen Pianistin Natascha Kutina, die ich bei der letzten Russlandreise in Sotschi kennengelernt hatte. Sie hatte extra ihren Urlaub am Schwarzen Meer für vier Tage unterbrochen, um nach St. Petersburg zu fliegen und mich zu treffen. Drei Tage lang betreute sie uns aufs Beste. Sie lud uns in die Wohnung ihrer Eltern ein, spielte uns nach dem Abendessen einiges von Bach und Händel auf dem Klavier vor und machte für drei Tage unseren Reiseführer in der Stadt Leningrad. Einmal besuchten wir in der Oper die Aufführung von „Schwanensee“ von Tschaikowsky. Auch fuhren wir mit dem Schiff hinaus zum Sommerpalast, und sie zeigte uns einige Gemälde in der berühmten Eremitage. Das Bild des verlorenen Sohns von Rembrandt gefiel mir unter den vielen Kunstwerken ganz besonders. Die Gastfreundschaft dieser Familie war einfach unglaublich. Da spürte ich die „russische Seele“. Ich war überwältigt.

Für uns ging es dann mit dem Zug weiter nach Finnland bis Helsinki. Dann reisten wir weiter in Richtung Norden, so wie ich es bereits von meinen anderen Reisen gewohnt war: Gefahren wurde per Anhalter, geschlafen entweder im Freien oder bei Bauern in Scheunen. Finnisch ist sehr schwierig, daher konnten wir uns kaum verständigen. Nach einigen Tagen erreichten wir nördlich des Polarkreises die Grenze zu Schweden.

Hier in Schweden hatten wir auf einmal kein Glück mehr beim Autostoppen. Stundenlang hielt kein Auto, obwohl ich durch Handstände Aufmerksamkeit zu erregen versuchte. Um unseren Hunger zu stillen, pflückten wir im Wald die herrlichen großen Schwarzbeeren, welche auf Sträuchern von einem halben Meter Höhe wuchsen.

Zum Glück nahm uns nach sechs Stunden endlich ein Spanier mit seinem alten VW-Bus mit. Vermutlich schauten wir schon sehr bemitleidenswert aus. Mit ihm fuhren wir drei Tage bis Stockholm. Gegessen wurde meistens an Seen. Die erste Nacht übernachteten wir wieder im Freien, aber die Nacht darauf schliefen wir bei einer wunderbaren Familie in einem herrlich gemütlichen Bett. Ein ausgezeichnetes Frühstück trug auch einiges zur guten Laune bei.

Über Göteborg, Dänemark und Hamburg ging es immer per Autostopp zurück nach Österreich. Unterwegs teilten wir unser Quartier einmal mit Kühen, das andere Mal mit Pferden, als wir in einer Box schliefen. Nach einem Monat war dieses Abenteuer zu Ende. Aber auch die Freundschaft mit Lena war leider zu Ende. Mein Herz brauchte dazu aber noch einige Zeit, um den Verlust zu verarbeiten. Dafür gab es zum Einstand zu Hause die Hochzeit von Toni List und Inge Jöbstl. Es war eine fröhliche Feier. Ich beneidete die beiden, weil ich gerade in solchen Feiermomenten das Alleinsein noch stärker zu spüren bekam als sonst. Jedenfalls wurde Toni immer mehr zu einem guten Freund und Lebensbegleiter für mich.

England und Schottland

Am 5.8.1984 machte ich mich erneut auf den Weg nach England, wie immer per Anhalter. Dies sollte meine letzte längere Reise sein. England war ja meine erste Reise gewesen, und deshalb wollte ich auch mit England diesen Lebensabschnitt als „Wanderer" abschließen.

Abends ging es wieder an die Grenze in Spielfeld. Da mich keiner mitnahm, schlief ich hinter dem Zollgebäude auf einer Wiese. Um sechs Uhr entdeckte mich ein Zöllner beim Verstauen des Schlafsacks. Im Zollgebäude bombardierte man mich mit Fragen über meine Person. Meine Antworten über meine Herkunft machten sie noch stutziger, denn warum schlafe ich hier im Freien, wenn ich in der Nähe zu Hause bin? Nach einem Telefonat mit der Polizei in Mettersdorf ließ man mich endlich weiterfahren.

Mit zwei Fernfahrern gelangte ich innerhalb von zwei Tagen nach Ostende. Auf der Fähre bekamen wir eine schöne

Kabine. In der Früh bot mir der Kapitän Tee an und zeigte mir, wie er die Fähre im Hafen anlegte.

Per Anhalter und Bus ging es über London nach Bromley, wo ich die Familie Frampton besuchte. Ich war mit zwei der insgesamt vier Brüder in der Sekte in Indien zusammen gewesen. Besonders David war mir damals ein guter Freund geworden. Einer der Brüder brachte mich zum Wohnhaus in einem Nobelviertel in Purley, 20 km südlich von London. Sie hatten ein gigantisches Haus mit fünf oder sechs Wohnzimmern und einem riesigen, traumhaften, echt englischen Garten. Obwohl die Familie sehr wohlhabend war und sich stark in einer Freikirche engagierte, waren die beiden Jungen zuvor in der Sekte gelandet – anfänglich sogar von den Eltern unterstützt, da sie die Vorgangsweise der Sekte nicht durchschaut hatten. Der ältere Bruder, der in Indien einer der Führer war, musste – sieben Jahre nach seinem Ausstieg aus der Sekte – noch immer in einer Klinik behandelt werden.

Dann ging es weiter in die Nähe von Oxford, wo ich einige Tage bei den Binnings, der Gastfamilie meiner ersten Englandreise, verbrachte. Ich hatte sie von London aus angerufen und sie hatten mich spontan eingeladen. Die Binnings sind für mich besondere Menschen. Alen und Caroline freuten sich sehr über meinen Besuch. Wir hatten uns viel zu erzählen und die Konversation bei englischem Tee und Keksen klappte dieses Mal auf Anhieb. Natürlich half ich dafür bei der Weizenernte. Meine Aufgabe war es, auf den 20 bis 30 Hektar großen Feldern den Weizen von den beiden Mähdreschern abzuholen und zum Rand des Feldes zu fahren, wo ein anderer Fahrer das Gespann übernahm und zum Hof pendelte.

Mit zwei LKW-Fahrern ging es dann nach Schottland, wobei der erste Fahrer mich per Funk an einen Kollegen vermittelte, damit auch der mich und meine Geschichte kennenlernen konnte. In Lockerbie übernachtete ich bei einem Rinderbauern in einem Wohnmobil. Der Ort erlangte vier Jahre später traurige Berühmtheit, als eine Bombe ein Flugzeug mit 270 Personen zum Absturz brachte.

Über Glasgow, Edinburgh, Perth und Inverness ging es zur Nordostküste Schottlands und mit einem kleinen Schiff zu den Sommerinseln, wo ich David Framton und seine Frau und Sue traf, die inzwischen ebenfalls aus London heraufgereist waren.

Es war eine riesige Überraschung, dass ihnen gleich eine ganze Insel mit ihren Steinhäusern gehörte. Im Sommer weideten Schafe auf der Insel (darum auch der Name Summer Islands); außerdem züchteten sie Lachs. Einige Cottages waren an Sommerurlauber vermietet. Die Framptons hatten ein großes Vermögen, waren jedoch sehr in der Mission engagierte Christen. Einige Jahre später gingen David und seine Frau nach Afrika in die Mission.

Davids Bruder Charles und seine Frau Johanna nahmen mich dann wieder mit nach Schottland, wo sie einen Bauernhof mit 50 ha Beerenfeldern, 80 ha Getreidefläche und 40 ha Wiesen für die Schafe bewirtschafteten.

Nach einer Nacht in ihrem Haus brachte er mich noch nach Edinburgh. Die Altstadt erinnerte mich ein bisschen an Salzburg. Ich besuchte den Queens Garden, wo gerade ein offenes Volkstanzen stattfand. Am Abend wurden auf der Burg mit Paraden die Festwochen gefeiert.

Noch in der Nacht nahm ich den Zug nach London. Mit verschiedenen Fahrern ging es die nächsten Tage wieder zurück in die Heimat.

Am Berg Athos

Ende März 1985 fuhr ich in der Karwoche mit drei Grazern mit dem Zug nach Griechenland, um auf den Berg Athos zu gehen. Dieter Dorner vom ORF, ein besonderer Athos-Kenner, besorgte uns die Erlaubnis, weil damals pro Tag nicht mehr als sechs Männer diese Mönchsrepublik besuchen durften. Frauen ist der Zutritt überhaupt verboten. Die Zugfahrt in Griechenland war atemberaubend, da die Vegetation der unseren schon weit voraus war.

Mit Bussen und einem Boot gelangten wir nach Kharis. Hier startete unsere viertägige Wanderung zu den Klöstern und auf mehrere Berggipfel. Der Weg führte über wunderbare Stege, umgeben von den Düften der vielfältigen Pflanzen. Das Zusammenspiel von Natur und Architektur hat dort einen paradiesischen Vorgeschmack. Tanzende Schmetterlinge erzählten uns etwas von der Leichtigkeit des Seins; offensichtlich wollten sie uns die Botschaft bringen: „Sorgt euch um nichts!"

Wir kamen auch an einigen kleinen Behausungen vorbei, Kelious genannt, in denen Mönche in kleinen Gemeinschaften zusammenleben. Sie sehen im Unterschied zu den echten Klöstern eher wie ein kleines Dorf aus. Die Mönche leben fleischlos, sie versorgen sich selbst mit Gemüse, Getreide, Obst und Fisch. Viele haben hier wunderschöne, auf Terrassen angelegte Gärten.

In dem Kelious Katounakia stellten die Mönche Ikonen her. Es ist wunderbar zu sehen, mit welcher Ruhe sie – im Einssein mit Gott im Gebet und ohne Ablenkung – haarscharf genau ihre Pinselstriche ansetzten. Meine Freunde gaben für die jeweiligen Ikonen 400,– € aus. Für das „Schreiben" einer Ikone – diese Kunstwerke werden nämlich nicht gemalt, sondern geschrieben – benötigen die Mönche einen ganzen Monat.

Wir wanderten von Kloster zu Kloster. Oft mussten wir uns am Abend sehr beeilen, da die Pforten bei Sonnenuntergang gegen 18:00 Uhr vor dem Abendgebet geschlossen wurden.

Geld braucht man hier nicht. Überall wird man als Gast freundlich aufgenommen und mit dem bewirtet, was die Mönche haben, manchmal mit Ouzo oder Wein, manchmal wegen der Fastenzeit in der Früh nur mit Kaffee und Wasser. Meistens feierten wir die Messen, die einige Stunden dauerten, mit den Mönchen mit. Sie begannen in der Früh meistens zwischen zwei und vier Uhr, damit die Wandlung genau beim Sonnenaufgang stattfand.

Wir besuchten die Klöster Filothea, Karakalou und Megisti Lawra, das größte Kloster am Berg Athos. Schon allein im Speisesaal hätten 200 Leute Platz. Früher wohnten hier tatsächlich so viele Mönche. Die Deckenfresken waren von großer künstlerischer Vielfalt, auch der Kreuzgang war herrlich bemalt. Die byzantinische Architektur des Klosters wurde dem heiligen Athanasios gewidmet. Sie hat eine kreuzartige Form mit einer auf vier Säulen gestützten Kuppel. Diesen Baustil findet man fast in allen Kirchen der Balkanländer.

Obwohl die Türken Griechenland besetzt hatten, verschonten sie die Klöster auf dem Berg Athos, da sie deren Kultur und Religion wertschätzten.

Mehrere Tage hindurch begleitete uns ein streunender Hund, den wir Bello nannten. Da er nicht mit in die Klöster durfte, wartete er die Nacht über davor, um sich uns am nächsten Tag wieder anzuschließen. Wir fütterten ihn mit dem mitgebrachten Brot.

In einer weiteren Niederlassung, genannt Skite Timion Prodromon, wurden wir herzlich empfangen und zum berühmten Anisschnaps Ouzo, zu Kaffee und Loukoumi, einer speziellen Süßspeise, eingeladen. Skiten sind deutlich kleiner als Kelious, manchmal lebt dort nur ein Einsiedler in einer winzigen Behausung, die manchmal wie ein Adlerhorst an schwer zugänglichen steilen Hängen gebaut wurde.

Einer der Höhepunkte war die Gipfelbesteigung des Berges Athos mit seinen 2000 Metern. Wir deponierten unsere Rucksäcke an einer Weggabelung und stiegen bei herrlichem Wetter hoch, wozu wir ungefähr zwei Stunden brauchten. Auch unser Freund Bello hielt tapfer mit. Oben lagen wir in der Sonne und genossen in der leichten Brise die herrliche Aussicht aufs Meer und die anderen beiden Halbinseln.

Wir marschierten täglich an die zehn Stunden, besichtigten zwischendurch die Klöster, Skiten und Kelious, nahmen an Messen teil oder wurden bewirtet. Obwohl wir nur mehr knappe drei Tage Zeit hatten, besuchten wir die Skite Ag. Triados, die Klöster Mikra Agis Annis, Pavlow, Dionision, Grigorion und Simon Petras, das seinem Namen „Fels“ alle Ehre machte. Dort feierten wir auch den orthodoxen Palmsonntag, der eine Woche nach dem katholischem, also an unserem Ostersonntag, gefeiert wird.

Nach der Palmweihe machten wir uns auf den Weg, um die letzte Etappe zurückzulegen. In Dafni wartete bereits das Boot auf uns, das uns zur Bahnstation brachte.

Südtirol

Mitte August 1985 brach ich nach Südtirol auf, um innerhalb von zehn Tagen etliche Berge zu besteigen. Mein Nachbar Karl Sixt nahm mich mit seinem Auto bis Lienz mit, dann ging es per Anhalter weiter zu den Drei Zinnen, die ich bis zum Abend umrundete. Total erschöpft stellte ich bei starkem Wind mein Zelt auf. In der Nacht besuchten mich einige Rinder, die über den Eindringling sicher verwundert waren, mich und mein Zelt aber ansonsten in Ruhe ließen.

Am nächsten Tag wanderte ich zur Vandili-Hütte, weiter nach Tre Croci und schließlich nach Cortina d'Ampezzo. Da es erst 17 Uhr 30 war, stieg ich nach dem Einkauf von Milch und Brot noch auf die Tofana. Da das Essen auf den Almhütten zu teuer war, ernährte ich mich fast nur von Milch und Brot, was mir auch genügte.

Einmal überraschte mich ein Gewitter, aber zum Glück erreichte ich einen Felsvorsprung, wo ich mein Nachtquartier einrichten konnte. Wie so oft war auch diesmal der Schlafsack mein Bett im Freien. Es blitzte und krachte die halbe Nacht; die Felsen verstärken das Getöse noch gewaltig, sodass von Schlafen keine Rede sein konnte. Um halb sechs stand ich auf. Der Tag fühlte sich so reingewaschen an.

Unterwegs schloss ich Freundschaft mit einem Bergsteiger aus Cortina. Er erzählte mir, dass er 1964 in Innsbruck Olympiasieger im Vierer-Bob geworden war. Er konnte zwar kein Deutsch, aber die Verständigung klappte trotzdem. Ich hatte später noch viele Jahre mit ihm Briefkontakt.

Am Fuß des Berges angekommen, legte ich mich für eine Stunde auf die Wiese, einfach nur glücklich und dankbar für alles, was ich erlebt hatte. Ich denke an die zarten Blumen in den Felsnischen, die unter schwierigsten Bedingungen am schönsten blühen. Ist es bei Menschen nicht oft ähnlich? Diejenigen, die es im Leben nie leicht hatten, werden besonders feinfühlend und dankbar.

Auf den Almen dort wurde die Arbeit noch fast ausschließlich händisch erledigt. So kam ich an einer Hochalm vorbei, wo gerade 60 Kühe mit der Hand gemolken wurden.

Auf der größten Alm Europas, der bekannten Seiseralm, sah ich auf einer steilen Wiese drei Männer mit der Sense mähen. Ich spürte plötzlich das innere Bedürfnis, den Männern zu helfen, sozusagen aus Dankbarkeit, dass bis jetzt alles so gut gelaufen war. Sie gaben mir eine Sense, und ich mähte bis zum Abend mit. Während die Männer in ihre Ställe gingen, um das Vieh zu füttern, rechte ich noch das bereits getrocknete Heu zusammen. Nach einem tiefen Schlaf in der Almhütte gab es nach langer Zeit wieder einmal Kaffee und ein Butterbrot zum Frühstück. Am Vormittag half ich wieder beim Mähen. Der Lohn der Arbeit war eine kräftige Speckjause. Ich blieb auch noch am Nachmittag, um das Heu, das intensiv nach Kräutern duftete, in Tüchern den Berg hinunter zu den Hütten zu transportieren. Die Wiesen, auf denen ich immer nur barfuß ging, werden hier oben nur einmal im Jahr gemäht.

Am nächsten Tag führte mich der Weg ins schöne und berühmte Grödnertal. In St. Christina besuchte ich zunächst die Kirche. Das war meistens der erste Weg, wenn ich in einen Ort kam. Ein kurzes Dankgebet für den Tag gibt dem ganzen Leben erst seinen besonderen Sinn. Der Ort lebt nur vom Tourismus. Die Hotellerie empfängt Massen und nicht Menschen. Für persönliche Begegnungen gibt es weder Platz noch Zeit.

Vom Grödnertal stieg ich hoch zur Regensburger Hütte und weiter zum Gipfel des Saas Rigais, bevor ich unter einem Felsen mein Zelt aufschlug. Hier oben war es sehr ruhig, und es gab auch wieder viel Edelweiß auf den Wiesen. Diesmal schlief ich ein wenig länger und genoss vom Zelt aus die Morgensonne so richtig.

Weiter ging es über die Puez Hütte nach St. Leonhard. Die Nacht durfte ich auf dem Heuboden bei einem Bauern verbringen, der erst im Vorjahr mit 52 Jahren geheiratet hatte und vor Kurzem Vater geworden war. Wir saßen vor der Nachtruhe noch bei einer Flasche Wein zusammen und unterhielten uns gut. Der Bauer war, so schien es mir, ein sehr bescheidener Mensch. Er war dankbar dafür, dass er doch noch eine Frau gefunden hatte, sodass durch seinen Sohn der Hof weitergeführt werden konnte.

Die Kleinbauern haben hier mit jeweils vier bis sechs Kühen ein hartes Leben mit viel Handarbeit. Kurz vor Bruneck schlug ich dann an einem Waldrand das letzte Mal mein Zelt auf. Ich gewährte mir eine Jause und eine kleine Flasche Wein, um im Zelt für alles Schöne zu danken, vor allem für die vielen wertvollen Begegnungen, die ich erleben durfte.

Per Anhalter kam ich mit ziemlicher Verspätung um zwei Uhr früh wieder in der Heimat an.

Erste Fahrt nach Medjugorje

Am 13.10.1985 machten wir uns um drei Uhr früh mit einem Bus der Pfarre Wies auf den Weg zu diesem neuen Wallfahrtsort in der Herzegowina. Die Mutter des Pfarrers von Wies, Franz Raggam, war eine gebürtige Siebingerin und unsere Nachbarin gewesen. Zusammen mit mir schlossen sich auch einige Frauen aus Siebing der Wallfahrergruppe an. Die Reise führte über Zagreb und Banja Luka durch eine steinige Landschaft. Erst unterwegs wurde uns bewusst, dass der heutige Tag der Jahrestag des Sonnenwunders von Fatima war und zugleich der Tag der letzten Erscheinung im Jahr 1917. Das war sehr passend, hat doch die Gottesmutter in Medjugorje einmal gesagt, dass sie dort zu Ende bringen wird, was sie in Fatima begonnen hat. Auf jeden Fall ein geheimnisvolles prophetisches Wort.

Die Bewohner von Medjugorje lebten hauptsächlich von Wein- und Tabakanbau, manche hatten auch einige Schafe und Ziegen, bevor die Wallfahrten begannen.

Die erste Erscheinung in Medjugorje war am 24. Juni 1981. Sechs Kinder und Jugendliche sahen die Muttergottes, die sich als Königin des Friedens vorstellte und die Welt zu Gebet und Umkehr aufrief. Aus ihren Botschaften, die sie den Sehern gab und immer noch gibt (2020), lassen sich fünf Schwerpunkte herauslesen: Außer um Gebet und Umkehr, wozu die Beichte ein besonderes Hilfsmittel darstellt, lädt sie besonders zur Mitfeier der hl. Messe, zum Lesen der Heiligen Schrift und auch zum Fasten ein. Es ist ein Programm, mit dessen Hilfe sie die Kirche wieder zurück zu ihren Wurzeln führen möchte. Die Pfarre, die die Anliegen der Gospa, wie die Gottesmutter auf Kroatisch genannt wird, von Beginn an angenommen hat, wird von Franziskanern geleitet.

Für mich persönlich war diese Wallfahrt ein tiefgreifendes Erlebnis. Es war mir, als ob ich auf all mein langjähriges Suchen und Fragen nun eine Antwort gefunden hätte. Der Himmel war hier spürbar, der Friede war in mir eingekehrt, ich fühlte mich von der Liebe Gottes eingehüllt. Voll Dankbarkeit nahm ich mir vor, von nun an von diesem Gnadenort Zeugnis abzulegen.

Wer nach Medjugorje kommt, hat das Gefühl zu Hause zu sein. Zumindest ging es mir so und wie ich weiß, vielen anderen Pilgern auch. P. Slavko Barbaric, der dortige Priester, überzeugte mich mit seinen klaren und einfachen Worten sehr. Er war sehr gebildet, strukturiert, sprach fünf Sprachen und prägte den Ort entscheidend mit. Er war sehr geerdet und lehnte überbordende Frömmelei ab.

Endlich war ich auch innerlich wieder in der katholischen Kirche angekommen. Mit ihrer großen Spannbreite würde wohl auch ich einen Platz in ihr finden, war ich nun überzeugt. Die Kirche ist ja als pilgerndes Volk Gottes unterwegs, die die Menschen einlädt, sich auf diesem Weg zu Gott zu begeben. Bei Markus 16,15 heißt es: „Geht hinaus in die ganze Welt, und verkündet das Evangelium allen Geschöpfen!“

Nach dieser Reise begann in unserer Pfarre gerade die „Mission“. Das ist eine Zeit der Erneuerung unseres Glaubens, eine Zeit der Umkehr, um sich über die eigenen Sünden klar zu werden, eine Zeit, um überflüssigen Ballast abzuwerfen und das Leben neu auszurichten, eine Zeit, Gott wieder in den Mittelpunkt unseres Lebens zu stellen, eine Zeit, den Hochmut abzulegen und sich mit Demut zu bekleiden, eine Zeit des Gebets, der Stille und des Hinhörens auf Gott. Wir müssen uns in den Strom der Liebe fallen lassen, um die wahre Geborgenheit zu erfahren. Echtes Glück und tiefer Friede wird der Lohn sein, wenn wir den wahren Friedensstifter, Jesus von Nazareth, in unser Herzen aufnehmen. Es geht in allen Bereichen des Lebens eigentlich um eine Herzens-Beziehung, sei es in der Natur, wenn wir sie als Schöpfung Gottes sehen können, sei es mit den Menschen, wenn wir alle als Kinder Gottes und somit als Brüder und Schwestern wahrnehmen dürfen, und schließlich mit Gott selbst, dem Geber alles Guten.

Assisi

Am Sonntag, 14.12.1986 brach ich zusammen mit Hans Holler, einem Freund, der auch zur Bibelrunde gehörte, mit dem Nachtzug nach Florenz auf, von wo aus wir zu Fuß nach Assisi gehen wollten. Es war dies meine vorletzte Adventwanderung.

Es war nebelig, und die Wolken hingen tief. Die Straße war stark befahren, aber nach 20 km konnten wir sie verlassen. Nun wurde die Landschaft sanft und ruhig. Leider begann es zu regnen, sodass wir am Abend ziemlich nass und unterkühlt bei einem Bauern auf einem Heuboden schlafen mussten.

Wir marschierten bis zu 45 km am Tag. Leider regnete es andauernd. Jetzt verstanden wir buchstäblich hautnah, was ein Italien-Tief bedeutet, nämlich Regen ohne Ende. Der Regen wurde immer stärker, aber durch das innere Gebet, das ich inzwischen gelernt hatte, bekam ich eine innere Leichtigkeit, hatte keine Schmerzen und war sogar imstande für den Regen zu danken.

Für die Herbergssuche fühlte ich mich verantwortlich. An diesem Abend bekamen wir bei einer wunderbaren Familie Quartier. Wir durften unsere Kleidung trocknen und schliefen zur Abwechslung in einem schönen, warmen Bett. Vorher gab es noch ein reichhaltiges Abendessen für Hans. Ich selbst fastete immer auf den Adventwanderungen und aß nur mein mitgebrachtes geröstetes Brot. Aber ich hatte unterwegs gebetet, dass Hans einen gedeckten Tisch vorfinden möge, was dann auch reichlich eintrat. Das Gespräch mit der Familie war trotz unseres holprigen Italienisch sehr unterhaltsam.

Die Nacht war klar, der Morgen dadurch auch ziemlich frisch. Durch die feuchten Schuhe hatten sich Blasen an den Füßen gebildet, die wir einfach aufstachen und mit einem Klebeband versorgten. Nun konnten wir bis Perugia weitergehen, eine schöne Stadt, die wir natürlich ein wenig besichtigten. Hier hatte unser Fußmarsch auch ein Ende, das letzte kurze Stück fuhren wir mit dem Bus bis Assisi, wo wir die Nacht im Zelt auf der Burgruine verbrachten. Allerdings raubte uns die Kälte fast zur Gänze den Schlaf. Immerhin war es kurz vor Weihnachten.

Wir waren glücklich, es geschafft zu haben. Nach einer Messe in der Franziskanerkirche verbrachten wir viel Zeit in der Stille beim Grab meines Lieblingsheiligen Franziskus.

Gebet des hl. Franziskus vor dem Kreuz in San Damiano:

Höchster, glorreicher Gott,
erleuchte die Finsternis meines Herzens
und schenke mir rechten Glauben,
gefestigte Hoffnung und vollendete Liebe.
Gib mir, Herr, das rechte Empfinden und Erkennen,
damit ich deinen heiligen und wahrhaften Auftrag erfülle,
den Du mir gegeben hast.
Amen.

Liegt in diesem kurzen Gebet nicht alles drinnen, wonach ich in meinem Inneren immer schon gesucht habe? *Hilf mir, Herr, so wie Du Franziskus geholfen hast, Deinen Ruf in meinem Herzen zu erkennen.*

Vor diesem Ruf Jesu an Franziskus war für ihn ein Aussätziger ein Ekel, dem man nur ausweichen konnte. Danach aber war er sogar imstande einen Aussätzigen zu küssen. Denn er sah in ihm Christus. Er selbst wurde zu einem zweiten Christus, was auch durch die Wundmale, die er auf La Verna geschenkt bekam, deutlich zum Ausdruck kam.

Vom Grab des Poverello, übersetzt das Grab des kleinen Armen, gingen wir zum Sarg der hl. Klara, wo jetzt auch das berühmte Assisi-Kreuz hängt, vor dem der Heilige den Aufruf Jesu gehört hatte, die Kirche wieder aufzubauen.

Dieses Kreuz hing damals aber im Kirchlein von San Damiano, wohin uns nun der Weg führte. Es liegt außerhalb der Stadtmauern, idyllisch von Olivenhainen umgeben. Klara gründete dort ihr Kloster, das Kirchlein bildete den Mittelpunkt. Hier schrieb Franziskus kurz vor seinem Tod auch den berühmten Sonnengesang. Die Atmosphäre war noch immer wie von Heiligkeit durchtränkt.

Zu Mittag stiegen wir den Berg Subasio hinauf zu den

sogenannten Carceri, einem Kloster mitten im Wald, wohin sich der Heilige oft zurückgezogen hatte. Dort sind im Garten Skulpturen von Franziskus und einigen Gefährten zu sehen, wie sie am Boden liegen und die Sterne betrachten. Hier fühlte ich mich, der ich so oft unter dem Sternenhimmel geschlafen hatte, besonders mit dem Heiligen verbunden.

Anschließend stiegen wir noch einmal auf den Gipfel des Subasio, wo wir schon die Nacht zugebracht hatten. Der Blick ins umbrische Land war traumhaft. Am Abend feierten wir das Abendgebet der Kirche, die Vesper, mit stimmungsvollen Gesängen in der Kirche San Damiano mit, die unterhalb der Stadt liegt. Aus einem inneren Impuls heraus redete ich einen jungen Mann an. Er sprach gut Deutsch und lebte ca. 10 km entfernt gemeinsam mit einigen Gleichgesinnten. Sie wollten die franziskanische Spiritualität im Leben umsetzen und nur von der Vorsehung leben. Das beeindruckte uns so, dass wir gleich mit ihnen mitfuhren. Ihr Haus lag etwa einen Kilometer außerhalb des Ortes Amenzano und trug den Namen „Terra buona“ – guter Boden

Nach der gemeinsamen Morgenandacht halfen wir am Vormittag beim Sammeln von Brennholz. Auch am Abend wurde dort immer eine Andacht gehalten. Im Ort Amenzano, den wir natürlich auch besuchten, wurde zu Weihnachten immer ein großes Krippenspiel aufgeführt, bei dem auch viele Tiere mitwirkten. Sogar das Fernsehen übertrug es live. Franziskus gilt ja als „Erfinder“ der Krippenspiele. Er „baute“ in Grecchio eine Krippe mit lebenden Figuren, um zu zeigen, in welcher Armut Gott in Jesus Christus Mensch geworden ist.

Am Abend gingen wir wieder nach Assisi und in die Klara-Kirche, um dort eine heilige Messe mitzufeiern und vor dem Kreuz noch eine gnadenhafte Zeit im Gebet zu verbringen.

Unser nächstes Ziel war die Kirche Maria degli Angeli in

der Ebene, etwa zwei Kilometer von Assisi entfernt. Diese große Kirche beherbergt eine kleine Kapelle mit Namen Portiunkula. Diese kann als der Gründungsort des Franziskanerordens bezeichnet werden. Von hier ist der fast vollkommen erblindete Heilige im Alter von 45 Jahren, ausgezeichnet durch die Wundmale Christi, in den Himmel eingezogen. Das kommt auch im Namen der Sterbekapelle zum Ausdruck, die dort errichtet und mit dem Namen „Transitus" – Übergang – bezeichnet wurde.

Über Florenz fuhren wir wieder mit dem Zug nach Hause zurück. Auf der Fahrt hatten wir viel Zeit, um uns über unsere vielen schönen Eindrücke und Erlebnisse auszutauschen.

Zu Hause hatte es inzwischen geschneit. Eine weiße Pracht lag über der Natur, Gott hatte ihr offensichtlich ein weißes Kleid geschenkt. In Leibnitz verabschiedete ich mich von Hans und ging noch ins Kapuzinerkloster, um dort die heilige Messe mitzufeiern. Den restlichen Weg bis zum Heimathaus legte ich langsam zu Fuß zurück. Ich bat unterwegs Gott, er möge mir helfen, dass ich imstande werde, meine Glaubenserfahrungen weiterzugeben. Auch Franziskus wurde von mir – wie schon so oft – gebeten, mein Fürsprecher zu sein.

Weihnachten wurde ein schönes Fest. Für mich gewann das Wesentliche immer mehr an Bedeutung. Der ganze Winter schenkte uns eine wunderschöne Schneedecke, Kindheitserinnerungen kamen in mir hoch. Ja, das Leben war schön, und ich war sehr dankbar für den Frieden im Herzen. Ich nahm mir auch viel Zeit für das Langlaufen; im Jahr zuvor hatten wir nämlich begonnen eine Loipe zu errichten. Im warmen Haus beschäftigte ich mich wieder mit Holzschnitzen, Korbflechten und Lesen.

Aber auch das Alleinsein im Gebet war mir wichtig. Das

Herzensgebet bekam für mich immer mehr Bedeutung. Es ist wie ein unaufhörliches Verlangen, bei Gott sein zu wollen. Man spürt seine Gegenwart und wird gleichzeitig verwandelt, auch wenn es immer nur kleine Schritte sind.

Der Schnee blieb uns bis 20. März treu; wir konnten im Bach den ganzen Winter Eisstock schießen oder eislaufen. Im Februar organisierten wir einen Schnitzkurs in Siebing, in dessen Rahmen wir die Kreuzwegstationen für die Dorfkapelle schufen. Sogar das Fernsehen brachte davon einen Bericht.

Die Tragödie vom Hochschwab

Allerheiligen 1988: Ein Fest, das ich sehr liebe, denn die Heiligen waren und sind für mich immer die größten Vorbilder im Glauben, aber vor allem im Leben, denn sie unterwarfen sich nie dem Zeitgeist oder schlossen sich menschlichen Machtkämpfen an, sondern erahnten stets, dass letztendlich nur die Liebe ein erfülltes Leben schenken kann. Dieser Tag hat für mich immer auch mit Rückbesinnung und Gewissenserforschung zu tun. Einige vom Bibelkreis trafen sich noch beim Gasthaus Thaller. Hier ging es gemütlich zu, und wir besprachen die letzten Vorbereitungen für die morgige Bergtour auf den Hochschwab. Mit Rosi ging ich im Anschluss an die Gräbersegnung noch in die Kirche.

2.11.1988: Um halb sieben brach ich von zu Hause auf und holte Hermann, Günther und Rosi ab. Herbert Kolleritsch nahm Pater Reinhold Bocek und Helga Drexler mit. Der Sonnenaufgang war wunderschön. Nach 1 ¾ Stunden erreichten wir den Gasthof Bodenbauer. Von hier ging es gemütlich und froh gestimmt hinein in den Graben. Zuerst übers „G'hackte", wo die Sicht und das Wetter noch schön waren. Wir wollten Zeit einsparen, um dann den schönen Höhenweg über die Häuslalm wieder zurückgehen zu können.

Nach dem G'hackten verschlechterte sich das Wetter jedoch schlagartig. In der Biwakschachtel stärkten wir uns wieder und standen vor der Entscheidung, entweder dort über Nacht zu bleiben oder über die Häuslalm hinunterzusteigen. Die Biwakschachtel war etwa 120 Höhenmeter unter dem Gipfel errichtet worden, nachdem ein Hüttenwirt, der – obwohl er die Gegend bestens kannte – nur wenige hundert Meter von seiner Hütte entfernt sich bei Schlechtwetter verirrt hatte, erfroren war.

Das Wetter verschlechterte sich immer weiter. Dichter Nebel war aufgestiegen und die Temperaturen sanken. Auf den Gipfel wollten wir sowieso nicht mehr. Aufgrund der verschiedenen Verpflichtungen jedes Einzelnen in den nächsten Tagen beschlossen wir, doch den Weg zurückzugehen. Schneetreiben, Nebelschwaden und eisige Kälte machten ein Weiterkommen aber praktisch unmöglich. Wir versuchten zwar trotzdem, so gut es ging weiterzukommen, doch im dichten Nebel waren keine Markierungspfähle mehr zu sehen. Wir gingen ganz nah hintereinander, um niemanden aus den Augen zu verlieren.

Immer wieder stießen wir auf kleine Dolinen, das sind einige Meter tiefe, kreisförmige Löcher, auf deren Grund sich oft Wasser sammelt. Des Öfteren rutschten wir in Richtung der Dolinen, kamen aber aus den brenzligen Situationen in Gemeinschaft gut heraus.

Gegen Abend waren unsere Kräfte schon so am Ende, dass wir nach einer Felswand Ausschau hielten, um vor dem Schneesturm etwas Schutz zu finden. Es war uns bereits klar, dass wir diese Nacht hier verbringen würden. Bei einer Felswand entdeckten wir eine kleine Schlucht, die Schutz geboten hätte. Da sie aber vollständig vereist war, war an ein Hinunterklettern nicht zu denken.

Nun bildeten wir einen Kreis, beteten gemeinsam mit Pater Reinhold für uns. Erst jetzt wurde uns die Lage bewusst, in der wir uns befanden. Es wurde wenig geredet. Herbert ging einmal ganz nahe zur Schlucht, um sich vor dem Sturm zu schützen, rutschte auf dem Eis aus und stürzte, sich überschlagend, 15–20 m in die Doline, wo er auf einer Felsplatte liegen blieb. Er hatte sich einen offenen Beinbruch zugezogen. Nur durch lautes Rufen konnten wir uns mit ihm verständigen.

Wir waren nur für eine Tageswanderung ausgerüstet, hatten weder Schlafsäcke, Zelt, Pickel noch ein Seil mit. Dies wurde uns jetzt zum Verhängnis. Ohne Ausrüstung war wegen der starken Vereisung an einen Abstieg in die Doline, um Herbert zu bergen, nicht zu denken.

Obwohl wir bis jetzt voller Hoffnung gewesen waren, hatte uns dieser Absturz vor Augen geführt, in welcher Misere wir uns befanden, und welcher Wegbegleiter sich uns angeschlossen hatte. Der Tod wurde jetzt für uns zur möglichen Realität. In dieser Ausweglosigkeit überkam uns ein Gefühl des Ausgeliefertseins und der menschlichen Ohnmacht gegenüber den Gewalten der Natur. Wer von uns hätte geahnt, dass Herbert durch seinen schmerzlichen Absturz zwar bedroht, aber doch besser dran war als wir alle da heroben, da es in der Schlucht etwas wärmer war?

Die Nacht war ein hartes Ringen gegen den Tod durch Erfrieren. Wir stellten uns dicht zusammen und wärmten uns gegenseitig, rieben einander ab und versuchten auf jede nur erdenkliche Weise dem Anderen Nützliches zu tun, um so dem drohenden Erfrieren entgegenzuwirken.

Die Stimmen des Zuspruchs, der Gebete und der Ängste mischten sich in das Heulen des Schneesturms. Die Zeit war das größte Problem. Eine Viertelstunde schien wie eine Stunde zu dauern. Man wartete auf den Morgen, aber er kam lange nicht. Nachdem wir die Nacht unter diesen schwierigen Umständen zugebracht und durchgestanden hatten, war es für uns alle wie ein Wunder, dass wir noch lebten. Als der Morgen dann doch graute und alle schon starke Erfrierungszustände hatten, mussten wir eine Entscheidung treffen. Der Nebel war noch immer so dicht, dass man praktisch nichts sehen konnte. Trotzdem wollten Pater Reinhold, Hermann, Günther und Helga versuchen, den Weg nach unten ins Tal zu finden. Rosi und ich blieben bei Herbert zurück.

Hermann umarmte ich noch und wünschte ihm alles Gute, aber im Herzen spürte ich, dass wir uns lebend nicht mehr sehen würden. Es war ein furchtbarer Schmerz. Was menschlich natürlich schien, nämlich alles gegen das drohende Schicksal zu unternehmen, sollte aber, zumindest nach irdischen Maßstäben, zur endgültigen Tragödie führen. Die vier versuchten, den Weg weiterzugehen, irrten aber durch den Nebel und Sturm umher, bis sie schließlich bei einem steilen Abhang abrutschten und über eine 70 m hohe Felswand abstürzten. Für mich war es, als ob jemand sie auf der Höhe des Berges zur ewigen Höhe des Lebens geführt hätte. Die Absturzstelle war nur 20 Minuten vom Ort entfernt, wo Rosi und ich zurückgeblieben waren. Wir waren nämlich durch die schlechte Sicht auf die gefährliche und steile Nordseite des Hochschwabs geraten, was ich jedoch zu dem Zeitpunkt noch nicht wusste. Unsere Route hätte ja über die auf der Südseite gelegene Häuslalm führen sollen.

An der Grenze zum Tod bemühten wir uns, für eine beseligende Hin- und Übergabe des Lebens die letzte Vorbereitung zu treffen. Rosi und mir wurde es schon in den Vormittagsstunden in unseren Seelen zur bestimmten Ahnung, dass wir nicht überleben würden. Zwischendurch versuchte ich noch mit Herbert Kontakt aufzunehmen, aber noch mehr suchten wir dem Unvermeidlichen ins Auge zu schauen, so schwer es auch für uns war. Es war nur eine Frage der Zeit, wie lange wir noch durchhalten konnten. Das Wetter blieb den ganzen Tag gleich stürmisch, nebelig und ohne jegliche Sicht. Der kalte Wind blies einen fast um.

Dann fragten wir einander: „Wirst du zuerst Gott schauen dürfen oder ich?“ Rosi sagte bald: „Ich glaube, dass ich es sein werde. Ich bin die Schwächere." Obwohl ihr langsames Dahinscheiden einerseits sehr schmerzlich für mich war, so waren doch jene Stunden äußerster Gottzuwendung und verwirklichter Lebenshingabe sowie das innigste Verständnis zwischen uns beiden ein besonders tiefgreifendes, außergewöhnliches Ereignis. Was für ein wunderbares Vorbild wurde Rosi in ihrer Gottergebenheit für mich. In der Hingabe ihres menschlichen Willens an den Göttlichen zeigte sie mir, dass die Freude auf die Begegnung mit dem Herrn größer sein kann als alle Daseinsängste und Kämpfe. Ich staunte über ihre immer stärker werdende Liebe zu Gott, über ihre Sehnsucht nach dem Himmlischen und ihren unbedingten Willen, Gott zu gehorchen.

Wie ein Kind schien sie sich auf etwas zu freuen und nahm keine Notiz von dem, was an Unangenehmem sie noch umgab. In der Zeit, in der Rosi noch ansprechbar war, beteten wir gemeinsam für die Angehörigen, dass sie unseren Tod leichter annehmen können, sowie für die vier, die uns verlassen hatten, und die nach unserer Annahme auf dem Weg ins Tal waren.

Eigentlich blickten wir dem Tod ruhig ins Auge. Wir wussten uns auf Grund unseres starken Glaubens an die Auferstehung in eine Gottseligkeit getaucht, die alle Ängste von uns genommen hatte. Ja noch mehr. Wir freuten uns eigentlich schon, die andere Herrlichkeit für immer erleben zu dürfen. Und zwischen Gebeten, Worten und Gedanken erlebten wir die Todesvorbereitung schlechthin: In einer ganz klaren Schau sahen wir beide, jeder für sich, unser Leben vor uns ablaufen und erkannten, was wesentlich gewesen war. Es war ein Schauen von faszinierender Klarheit und Eindringlichkeit über unsere fünf Sinne hinaus.

Nach Mittag war Rosi nicht mehr ansprechbar. Ich hielt sie, so gut es mein Zustand zuließ, in meinen Armen, um ihr noch die letzte Wärme zu geben. Ab dem Zeitpunkt war es gewiss, dass sie als Erste gehen würde. Kurz vor ihrem Tod kam sie noch für wenige Augenblicke aus ihrer Agonie, breitete die Arme aus und sagte mit verklärten Augen: „Oh Jesus, wie herrlich, wie schön." Und dann verschied sie in meinen Armen. Sie hatte etwas Himmlisches erfahren und gesehen, das konnte ich in ihrem Gesicht sehen.

Der Würde der Toten entsprechend, legte ich sie in eine ehrfürchtige Haltung und betete über sie und sang das Lied: „Von guten Mächten wunderbar geborgen." Wir hatten am Vormittag noch ausgemacht, dass derjenige, der den anderen überlebt, dieses Lied singen soll. Der Klang dieser Worte hallt in mir immer noch nach. Ein Friede war in diesem Augenblick spürbar, ja ich erkannte, das ist es: Wenn man ganz in der Liebe Gottes lebt, kann einem nichts mehr genommen werden. Sogar der Tod ist entmachtet.

Eine Zeitlang schien ich in ewigen Gefilden zu sein, durch die Härte meines Leidens hatte ich mich in das Schicksal des Todes ergeben. Ich legte mich neben Rosi hin und wartete, dass es passierte. In diesem Zustand spürte ich meinen Körper nicht mehr, nicht einmal mehr die Kälte. Auf einmal jedoch überkam mich die Überzeugung, dass es für mich bestimmt sei zu überleben. Ich stand wieder auf und begann mich zu bewegen und meinen Kopf zu reiben. Ich nahm wieder Kontakt mit Herbert in der Doline auf und fühlte mich verantwortlich für sein Schicksal. Die zweite Nacht brach herein. Der Wind hörte zwar auf, aber die Temperaturen sanken weiter.

Es schien mir, als würden mir himmlische Kräfte zuteil. Ich durfte nur nicht einschlafen. Es war ganz eigenartig; ich glaubte, von oben auf meinen Körper herabzusehen. Ich war wie losgelöst und empfand keine Schmerzen. Ich durchlebte eine unerklärliche Leichtigkeit. Es war ein reines Wunder, das mich überleben ließ. Plötzlich zeigte sich der Himmel, die Sterne kamen hervor und warteten nur mehr auf das Morgengrauen.

Was ich in der ersten Nacht am schlimmsten empfunden hatte, war die scheinbar endlose Zeit; jetzt dagegen fühlte ich mich in einen Zustand der Zeitlosigkeit eingetaucht. In der Früh hatte ich die Gewissheit, dass man uns finden würde. Ich verabschiedete mich von Herbert, um Hilfe zu holen. Rosi befreite ich vom Schnee. In ihrem Gesicht lag ein tiefer Friede. Ich wusste, wir werden uns erst bei meinem Heimgehen wiedersehen und in die Arme nehmen können.

Ich musste einen Platz suchen, von dem aus mich der Hubschrauber sehen konnte. So kroch ich auf allen Vieren bergauf. Ich brauchte für diese kurze Distanz über zwei Stunden. Als ich die kleine Anhöhe erreichte, war ich auf einem schönen Plateau angelangt und hatte einen weiten Ausblick bis zur Sonnschienalm. Ich hatte jedoch extreme Gleichgewichtsstörungen, blieb einfach stehen und wartete auf Hilfe.

Etwa um zehn Uhr sah mich ein Hubschrauber und landete kurz darauf neben mir. Die Leute von der Bergrettung halfen mir in den Helikopter. Ich musste ihnen erklären, wo Rosi und Herbert waren. Sie flogen zur Doline, wo sich einer der Bergretter abseilte.

Ein zweiter Hubschrauber brachte dann einen Arzt und eine Seilwinde dorthin. Nach einer schmerzstillenden Spritze wurde Herbert aus der Doline gerettet.

Inzwischen flog man mich zur Sonnschienhütte, wo bereits ein Ärzteteam wartete. Die Schuhe mussten sie mir runterschneiden, da sie außen und innen voller Eis waren. Ja sogar in den Schuhen war das Wasser wieder gefroren. Dann erst sah ich, dass meine Füße bis zum Knöchel ganz blau waren. Mein ganzer Körper war noch völlig unterkühlt. Der Arzt gab mir eine Spritze und der Hüttenwirt brachte mir Tee, wovon ich die Hälfte ausschüttete, so stark zitterte ich noch immer.

Mit dem Hubschrauber flog man mich dann ins LKH Graz, wo ich zusammen mit Herbert ein gemeinsames Zimmer bekam. Da es in der Schlucht wärmer gewesen war, hatte Herbert nur wenige Erfrierungen. Bei mir überlegten die Ärzte, was am besten zu tun sei. Einer meinte, wenn keine Infektionen dazukommen würden, könne mit einer Amputation noch gewartet werden, ansonsten hätten sie mir beide Füße bis zum Knöchel amputieren müssen.

Helga Deutschmann und Edith Drexler kamen am späten Nachmittag ins Spital, um uns beide zu besuchen. Von den vier anderen wussten wir noch nichts, jedenfalls waren sie noch nicht geortet worden. Ich hoffte das Beste und in jener Nacht betete ich für sie. Von Schlaf war keine Rede. Es war alles ein einziger Albtraum.

Am nächsten Tag teilte uns der Arzt mit, dass die vier abgestürzt seien und keiner von ihnen überlebt hätte. Es schien alles unglaublich irreal. Ich musste erst meine Gedanken ordnen, worunter viele Selbstvorwürfe waren. In den folgenden Nächten hatte ich immer nur Albträume. In diesen war ich immer wieder mit einer Gruppe im Schnee unterwegs; und wenn wir zu einer Hütte kamen und ich die Tür öffnete, wachte ich schweißgebadet auf. Das wiederholte sich immer wieder.

Am 8. November fand das Begräbnis von Rosi, Helga, Hermann und Günther statt, an dem ich wegen des Krankenhausaufenthaltes nicht teilnehmen konnte. Danach besuchte mich Kaplan Hacker, und ich konnte eine Beichte ablegen. Von diesem Zeitpunkt an konnte ich wieder durchschlafen.

Ich bekam immer sehr viel Besuch, sodass an manchen Tagen bis zu 15 Leute da waren. Durch diese vielen Besuche erkannte ich für meine Zukunft eine große Aufgabe, nämlich die Menschen aufzumuntern und ihnen Hoffnung zu schenken. Ich selbst fühlte mich emotional getragen. Ansonsten schirmte mich das Spital gut ab, vor allem vor den Medien, was mir einen wohltuenden Schutz bot.

Ich las jeden Tag in der Heiligen Schrift, hatte Zeit zum Gebet, zum Lesen und Musikhören. Ich schrieb auch Briefe an die Angehörigen meiner verunglückten Freunde. Dadurch verging die Zeit einigermaßen rasch.

Die Weihnachtszeit kam. Ich setzte mich mit der Botschaft Gottes auseinander: „Er kam in sein Eigentum, aber die Seinen nahmen Ihn nicht auf." Ich frage mich, wann werden wir diese Botschaft Gottes begreifen?

Zuerst ging bei beiden Füßen die Haut ab, die jedoch von innen wieder nachheilte. Die Ärzte beobachteten, ob sich wieder die Durchblutung in den Füßen einstellte. Da ich kein Raucher war, hatte ich das Glück, dass sich die Blutgefäße gut regenerierten. Trotzdem mussten nach Neujahr bei meinem linken Fuß ein Teil der Fußschaufel und am rechten Fuß die ersten zwei Zehen amputiert werden, da es hier keine Durchblutung mehr gab. Ich bin so dankbar, dass alles so gut verheilen konnte.

Nach 77 Tagen konnte ich das Spital verlassen. Auch das Gehen ging recht gut. Nun begann ein neuer Lebensabschnitt für mich. Helga kam sehr oft zu mir ins Spital und holte mich auch von dort ab. Wir besuchten zuerst alle Gräber der Abgestürzten. Ja, es war eigenartig. Ich glaube, ich werde erst im Himmel alles verstehen.

Ein harter Neubeginn!

Tagebuch, März 1989: *Die Kraft der Sonne nimmt zu und die Natur ist von Neuem erwacht. Der wunderbare Gesang der Vögel weist uns auf Ostern hin. Die prachtvollen Schmetterlinge sind dem Kokon entschlüpft und zeigen sich nun in einer unsagbaren Schönheit. Oh Mensch, wie solltest du dankbar sein für so viel Leben um Dich herum, das für dich geschaffen wurde. Danke Herr, für all das Schöne, trotz allem, und obwohl du meine Freunde zu Dir genommen hast. Sie genießen bereits den Himmel und sind nicht mehr an den Kreislauf der Jahreszeiten gebunden. Sie sind von den menschlichen Gebrechen und Begrenztheiten befreit. Ich spüre ihre Gegenwart und höre ihre Ermunterung, für den Rest meines Lebens Zeugnis für den Himmel zu geben.*

Tagebuch, Ostern 1989: *Auferstehung. Das größte Geschenk, das uns Gott gegeben hat. Wir werden es erst bei unserem Übergang in das eigentliche Leben richtig begreifen. Würden wir jetzt schon nur für einen Augenblick Gott schauen und seine unendliche Liebe erfahren dürfen, wir würden nicht mehr dieselben Menschen sein. „Vater, erbarme dich meiner. Gottes Sohn, Erlöser der Welt, hab' Erbarmen mit uns."*

Im April fuhr ich mit der befreundeten Familie Passegger nach Assisi. Immer wieder staune ich über die Liebesbeziehung, die Franziskus zu Jesus hatte. Er wollte dem Herrn in allem ähnlich werden, sodass er die Armut gleichsam als seine Braut bezeichnete. Diese geistige Vermählung wurde als Fresko auf der Decke der großartigen Basilika dargestellt.

Als Bettler ging er gleichsam nackt von zu Hause weg, um seinem wahren Vater zu folgen. Und in dieser Art hatte er die Kirche von innen her wieder neu aufgebaut. Auch das Gebet, das ihm zugeschrieben wird, lässt sein Inneres aufleuchten.

Herr, mach mich zu einem Werkzeug deines Friedens,
dass ich liebe, wo man hasst;
dass ich verzeihe, wo man beleidigt;
dass ich verbinde, wo Streit ist;
dass ich die Wahrheit sage, wo Irrtum ist;
dass ich Glauben bringe, wo Zweifel droht;
dass ich Hoffnung wecke, wo Verzweiflung quält;
dass ich Licht entzünde, wo Finsternis regiert;
dass ich Freude bringe, wo der Kummer wohnt.

Herr, lass mich trachten,
nicht, dass ich getröstet werde,
sondern dass ich tröste;
nicht, dass ich verstanden werde,
sondern dass ich verstehe;
nicht, dass ich geliebt werde,
sondern dass ich liebe.
Denn wer sich hingibt, der empfängt;
wer sich selbst vergisst, der findet;
wer verzeiht, dem wird verziehen;
und wer stirbt, der erwacht zum ewigen Leben.

Was könnte man dem noch hinzufügen? Nichts! Dieses Gebet enthält unser ganzes Christsein. Es wäre auch heute ein Programm für die Erneuerung der Kirche. Aber es beginnt immer zunächst bei mir, der ich zu dieser Kirche gehöre. Will ich mich selbst verwandeln lassen?

Sternstunden waren für mich immer besondere Begegnungen. Deshalb sollte jede Begegnung zu etwas Besonderem werden; denn letztendlich begegnen wir ja im Nächsten auch Jesus, unserem Bruder.

Würden wir das Paradies in unseren Herzen tragen, würden wir in jeder Begegnung nur das Schöne, das Gute und Reine sehen; oder anders ausgedrückt: Das Schöne liegt im Blick des Betrachters. Deshalb sind Tratsch und üble Nachrede ein gefährliches Gift in jeder Unterhaltung.

Gebet braucht Vertiefung, Schweigen und Hingabe. Wir müssen lernen immer mehr mit Gott eins zu werden. Die Liebe geht immer von Gott aus, und wir dürfen oder müssen darauf antworten, indem wir alle Dinge, die eine Begegnung mit Gott verhindern wollen, aus dem Weg räumen.

Am 13. April gestalteten wir in Weinburg ein Gebet bis Mitternacht. Ich traf mich öfter mit Helga Deutschmann zum Gebet. Dabei bat ich ganz besonders die Gottesmutter, mich immer näher zu ihrem Sohn zu führen. Ich bat sie auch um Verzeihung, dass ich sie so lange nicht als Mittlerin aller Gnaden annehmen hatte können.

Zum Leidwesen meiner Eltern wurde ich immer schweigsamer. Die Frage, wie es weitergehen sollte, beschäftigte mich stark.

Am 20. August 1989 feierten wir auf dem Gipfel des Hochschwab für unsere fünf Freunde eine Bergmesse mit Pfarrer Karl Tropper, an der viele Leute aus unserer Gegend teilnahmen.

Anschließend errichteten wir ein Kreuz. Unsere fünf Freunde hatten auf diesem Berg bereits den Gipfel ihres Lebens erreicht.

Tagebuch, Februar 1990: *Das Kreuz wird mir immer mehr zur Lebensmitte. Wie in einer mystischen Schau erkenne ich, welch große Bedeutung und Kraft davon ausgeht. Es führt kein Weg am Leiden vorbei. Am Kreuz hat sich alles entschieden. Alles! Der allmächtige Gott schaut ohnmächtig auf mich herab und sagt: Es ist vollbracht.*

Vermählung und Familiengründung

Seit dem Sommer 1989 verbrachte ich viel Zeit mit Helga. Jedes Wochenende unternahmen wir etwas. Auch das gemeinsame Gebet half uns beiden. Einen Menschen immer besser kennenzulernen, dem man alles anvertrauen kann, auch die eigenen Unzulänglichkeiten, tat gut. In mir entbrannte immer mehr die Liebe zu Helga, sodass ich mir ein zukünftiges Leben ohne sie nicht mehr vorstellen konnte. Wir hatten viele tiefgründige Gespräche über Vergangenes und Zukünftiges, die unsere Abende ausfüllten. Ich konnte sehen, dass wir viele gemeinsame Werte hatten, die uns zu Vertrauten machten.

In mir wuchs die Gewissheit, dass ich sie als meine Frau sehen möchte. Der Mai 1990 war ein besonderer Monat. Helga und ich beschlossen, am 15. August, dem großen Frauentag, zu heiraten. Ich hätte mir nie gedacht, dass ich noch in meinem Alter eine Familie gründen würde. Was für ein Geschenk für mich mit meinen vierzig Jahren!

Die Zeit der standesamtlichen und kirchlichen Hochzeit war von wunderbarer Eigenart. Ich wurde von einer gewissen Zartheit ergriffen, in der das ICH mit dem DU verschmolz. Im DU des geliebten Menschen wird Gott spürbar. Der Hochzeitstag war mit viel Freude verbunden. Wir beteten, dass unsere Trauung und die Ehe zu einem Zeugnis der Liebe Gottes werden möge.

Viele Freunde aus der Heimat waren Zeugen unserer Hochzeit, aber auch Freunde aus Polen und die Binnings aus England, bei denen ich vor 17 Jahren gearbeitet hatte, waren tatsächlich gekommen. Die St. Veiter Kirche war voll, und mein Herz auch. Bis drei Uhr früh wurde gefeiert und getanzt.

Ich möchte hier in Demut DANKE sagen für alles, was in meinem Leben bis dahin geschehen war, für die guten, aber auch für die weniger guten Erfahrungen. All die 40 Jahre hindurch hatte mich Gott beschützt und mich ermutigt, auch im Leid und trotz vieler Hindernisse auf meinem Weg weiterzugehen. Danken möchte ich vor allem für die vielen guten Begegnungen, die mich so bereichert haben.

Helga und ich waren danach eine Woche auf Hochzeitsreise quer durch Österreich unterwegs. Natürlich durften dabei auch Berge nicht fehlen. Über Osttirol, den Großglockner, reisten wir nach Schwanenstadt in Oberösterreich, wo wir meinen Cousin Hans Tropper besuchten und gleich zwei Tage blieben. Dort fand gerade ein Treffen der Charismatischen Bewegung mit Prof. Ivancic aus Zagreb statt, an dem wir teilnahmen.

Nach der schönen Zeit kehrte wieder der Alltag bei uns ein. Natürlich zog ich aus meiner Hütte aus, in der ich im Sommer immer alleine gehaust hatte, und wir richteten uns ein Zimmer im Haus für uns ein. Helga ging wieder ihrer Arbeit im Kaufhaus Muster nach und ich war, jetzt nach der Hofübernahme als Bauer, mit den landwirtschaftlichen Herbstarbeiten, wie zum Beispiel dem Einbringen der Ernte beschäftigt. Mein Bruder Sepp und ich haben anderen Bauern im Dorf mit dem Krenausbau geholfen, was händisch sehr herausfordernd ist. Selber hatten wir nie einen angebaut.

Am 1. November 1990 traf uns neuerlich ein schwerer Schicksalsschlag. Als wir vom Totengedenken auf dem Friedhof in Helgas Heimathaus kamen, fanden wir Helgas Bruder Hubert erhängt in der Scheune auf. Ich musste das Seil abschneiden, es war schrecklich. Was bewegt einen jungen Menschen zu solch einer Tat? Wie viel Leid, Verzweiflung, Hoffnungslosigkeit hat er in seinem Inneren durchleben müssen? Welch großer seelischer Schmerz, was für ein innerer Schrei war hier zu hören? Und jetzt hatte dieses Leiden ein Ende. Warum hatte ihm keiner helfen können? Auch wir nicht?

Ich spürte sehr viel Mitleid, keine Anklage. Warum hatten sich seine jahrelangen Depressionen so zugespitzt, ohne Aussicht auf Licht, Hoffnung? Ein Zustand der ständigen Finsternis, den man keinem mitteilen kann? Besonders meine Frau Helga litt an Schuldgefühlen, und sie fragte Gott immer wieder, warum Er das zugelassen hatte. Warum hat Er kein Wunder gewirkt? Hubert war auch gläubig gewesen, hatte aber trotzdem keinen Boden unter den Füßen gefunden.

Schlimm war es auch gesellschaftlich. Auf dem Land wurde damals Selbsttötung tabuisiert, und deshalb gab es auch keine wirkliche Trauerarbeit. Die Folgen für die Angehörigen sind dann besonders schlimm. Helga fiel in eine Depression, dabei hatten wir erst erfahren, dass sie schwanger war. Das war für meine Frau und uns alle eine kritische Phase. Der Tod und das werdende Leben lagen so nah beieinander. Das mit uns befreundete Ehepaar Franz und Anita Jahrbacher half uns in dieser Zeit sehr. Wir konnten gemeinsam beten, über alles reden und uns austauschen. Diese Freundschaft hält bis heute an.

Tagebuch, 1.7.1991: *Geburt unserer Tochter Maria. Ich bin so dankbar, dass ich bei der Geburt dabei sein konnte. Ja, sie ist ein kleines Wunder und ganz von der Mama abhängig. Ein Kind kann sich ganz auf die Mama verlassen und braucht sich noch keine Sorgen zu machen. Deshalb lädt uns Jesus wohl ein, wie Kinder zu werden, denn dann haben wir absolutes Vertrauen in den himmlischen Vater.*

Am 15. August 1991 feierten wir nicht nur den 1. Hochzeitstag, sondern auch die Taufe von Maria. Es gab viel zu danken in dieser Zeit, doch meine Frau litt nach wie vor unter starken Depressionen. Es war ein seelischer Kampf, der mit Angst und Ohnmacht vermischt war. Sie war oft zu schwach, um etwas zu tun, und sie konnte nicht mehr klar denken. Sie hatte immer nur Angst, dass mir etwas zustoßen könnte. Ich selbst fühlte, dass ich sie nicht erreichen konnte. Immer wieder flehte ich Jesus an, sie zu heilen.

Diese Jahre haben in Europa Geschichte geschrieben: Mit dem Fall der Berliner Mauer im November 1989, der Vereinigung Deutschlands 1990, der Auflösung des Ostblocks und dem Verbot der Kommunistischen Partei in Russland kurz vor Weihnachten 1991 änderte sich Europa radikal. Neben diesen positiven Ereignissen gab es aber auch den Beginn eines fürchterlichen Bürgerkriegs im ehemaligen Jugoslawien. Zu Tausenden kamen Flüchtlinge zu uns.

Wir bauten in der Zeit das Dachgeschoß zu einer Wohnung mit drei Zimmern aus. Gefrühstückt wurde oben. Das Mittagessen kochte Helga in der Küche meiner Eltern im Parterre, und wir aßen dann dort auch gemeinsam.

Helga musste zu dieser Zeit noch immer starke Medikamente nehmen. Als der Frauenarzt uns bestätigte, dass sie zum zweiten Kind schwanger sei, musste sie diese absetzen. Es begann eine schwere Zeit für sie, obwohl sie mit allen Mitteln versuchte, aus der dunklen Gefühlswelt herauszukommen, in der sie kein Licht sah und sich gefangen fühlte.

Doch dann kam der Tag, an dem sie eine tiefgreifende Erfahrung machte. Sie fand in meinem Bücherregal das Buch „Saget Dank alle Zeit“ von Merlin Carothers. Das Buch enthält Zeugnisse von Menschen, bei denen durch die Kraft der Dankbarkeit Licht in ihre Situation kam; dadurch wurden unsichtbare Mauern gesprengt. Die Mauern stehen hier für antrainierte fatale Denkmuster, die Angst, Enttäuschung, Bitterkeit und Verzweiflung hervorrufen. Der Kranke steht vor dieser Mauer und glaubt, sie nicht überwinden zu können. Dass es aber doch einen Ausweg gibt, erzählt der Autor auf spannende Art aufgrund seiner eigenen Erfahrung.

Der Schlüssel zur Heilung ist der Lobpreis, die Dankbarkeit und die Vergebung. So sollen Kranke danken und beten: „Ich danke dir für meine gegenwärtige Situation, auch für alles Schlechte und Negative, auch wenn ich im Augenblick kein Licht sehe." Durch die Dankbarkeit fällt Licht auf die Situation und mein Leben. Auch Paulus sagt: „Saget Dank alle Zeit!" (Eph 5,20)

Durch den Lobpreis werden unsichtbare Mauern gesprengt, und der Prozess der inneren Verwandlung kann beginnen, in der auch erstmals wieder Freude aufblitzt.

Ich möchte, dass Gott in diese Situation hineinkommt, weil ich glaube, dass nur Er die Lösung für mein Problem hat, egal wie diese aussehen wird. Es ist ein Akt des Vertrauens, bei dem auch die Vergebung eine zentrale Rolle spielt. Ich vergebe Gott, der diese Situation zugelassen hat, ich vergebe mir, dass ich mich zu lange an meinen Stolz geklammert habe, und ich vergebe den Mitmenschen, von deren Meinungen ich mich zu sehr abhängig gemacht habe.

Nun ging es für Helga wieder Schritt für Schritt bergauf, und die Freude über David, der am 29. August 1992 das Licht der Welt erblickte, war sehr groß. Unsere Kinder sind wirklich ein Geschenk Gottes, das man nicht beschreiben kann.

Aus dieser Erfahrung der Wirkung des Lobpreises starteten wir am 6. Februar 1993 in St. Veit am Vogau eine Lobpreisgruppe. Wir trafen uns mit Freunden regelmäßig dienstags am Abend zur Danksagung, zum Lobpreis und lasen in der Heiligen Schrift. Auch Gebetsanliegen aus der Pfarre brachten wir gemeinsam vor Gott. Auch Glaubensseminare besuchten wir als Gebetskreis. Später übernahmen wir selbst ihre Organisation und Gestaltung. Unsere Anliegen bezogen sich dabei vor allem auf die Jungfamilien, was sich für die Pfarren als sehr fruchtbar erwies.

Am 2. September 1997 kam unsere jüngste Tochter Judith zur Welt. Sie war ein Sonnenschein, besonders Maria und David freuten sich sehr. Helga hatte viel Arbeit zu Hause, denn mein Vater hatte zwei Jahre zuvor einen Beckenbruch erlitten und saß im Rollstuhl. Auch meine Mutter war zu der Zeit in einem schlechten gesundheitlichen Zustand. Zudem brauchten die drei Kinder ihre volle Aufmerksamkeit.

Schicksalsjahre

Am 6.4.1998 mussten wir meinen Vater zu Grabe tragen. Er war 92 Jahre alt geworden und hatte einen schönen Tod, denn er konnte ohne Schmerzen zu Gott gehen. Sein Leben war sehr erfüllt gewesen. Ich konnte viel von seinem Charakter lernen. Er hatte einen starken Willen, sein Wort hatte Handschlagqualität. Für Politik interessierte er sich sehr, und man konnte mit ihm immer gut diskutieren. Freilich hatte ihm der 2. Weltkrieg sehr zugesetzt und ihn geprägt.

Nicht genug der Schicksalsschläge in diesem Jahr. Nach einem orkanartigen Sturm am 7. Juli, der 100 Hektar Wald bei Weinburg verwüstete, wurde am Abend des 10. Juli unser Stall ein Raub der Flammen. Wir hatten am Nachmittag Gerstenstroh hineingeschnitten, und dabei hatte sich das Stroh wahrscheinlich durch einen von einem Stein verursachten Funken entzündet. In wenigen Minuten stand der ganze Stall in Flammen. Es waren zwanzig Feuerwehrleute und Nachbarn vor Ort, um beim Löschen, Abtragen und Aufräumen zu helfen – auch noch am folgenden Tag. Gott sei Dank konnten wir wenigstens alle Kühe retten.

Das Dach und damit der Heuboden waren komplett verbrannt, die Mauern mit der Gewölbedecke blieben – zumindest vorläufig – stehen, sodass wir weiter Platz für die Rinder hatten. Nach dem ersten Schock stellten wir uns der Realität. Mit Hilfe vieler Bekannter begannen wir gleich mit dem Wiederaufbau des Heubodens. Doch zehn Tage nach dem Brand brach zu unserem Entsetzen die Decke ein, wodurch ein Stier ums Leben kam. Nun war klar, dass der alte Stall ganz abgerissen werden musste.

So beschlossen wir einen neuen Laufstall zu bauen. Nach nur drei Monaten Bauzeit konnte unser Vieh, das in der Zwischenzeit bei benachbarten Bauern untergebracht worden war, wieder einziehen. Wie so oft hat eine Katastrophe auch eine gute Seite: Wir waren mit dem neuen Stall sehr glücklich, konnten auf zwanzig Milchkühe aufstocken und die Mastschweinezucht auflösen.

Im Dezember dieses Jahres hatten wir viel Schnee und Temperaturen bis unter -20 Grad. Auch im Stall zeigte das Thermometer nur noch -15 Grad an. Zum Glück sind die Rinder diesbezüglich nicht empfindlich. Nun verbrachte ich viel Zeit mit meinen drei Kindern, sei es beim Schlittenfahren oder Eislaufen. Auch aus dem Dorf kamen immer viele Kinder zu uns. Der Bach war immer zugefroren – ideal zum Eisstockschießen.

Auch meinem liebsten Winterhobby, dem Langlaufen, konnte ich ausgiebig frönen. Dazu kaufte ich in Tirol ein gebrauchtes Loipenspurgerät und legte eine ca. zehn Kilometer lange Loipe über die Felder an, die auch von den Leuten aus dem Dorf, aber auch von auswärts gerne genutzt wurde. Das Schöne an dieser Sportart ist, dass man in der einsamen Stille die Natur bewusster und intensiver wahrnehmen kann als auf einer von Schifahrern bevölkerten Piste.

Das Schöne am Landwirtsein ist, dass man auch für außerordentliche Dinge, wie etwa für Anliegen der Dorfbevölkerung, Zeit hat, sie umsetzen und dadurch Freude machen kann. Eine meiner Leidenschaften ist das Bäume pflanzen, sei es am Dorfplatz, seien es die 40 Birken am Höflaweg oder die 27 Pappeln am Grablweg. Es ist eine Arbeit in der Natur, die sich noch Jahre später zeigt und Dankbarkeit hervorruft. Wenn der Raureif auf den Zweigen der Birken bei aufgehender Sonne millionenfach glitzernde Kristalle bildet, was bekommt man da von der Natur geschenkt? Nicht nur ich, sondern jeder, der gerade unterwegs ist und diese Erfahrung macht, darf sich beschenkt fühlen. Dankbarkeit macht zufrieden. Die Ärmsten sind nicht die, die nichts haben, sondern diejenigen, die nie genug haben. Dies durfte ich so oft bei meinen vielen Begegnungen erfahren.

Aufprall mit Vision

Jänner 2001. Diesen Winter hatten wir weder Schnee noch Frost. So hatten wir Zeit, 200 Festmeter Holz zu schlägern. Am 26. Februar fuhr ich alleine in den Wald, um alte Bäume zu entasten. Diese „Wertholzkorrektur" ist notwendig, damit das Unterholz wieder mehr Licht bekommt und nachwachsen kann. Am späten Nachmittag stieg ich auf eine sieben Meter hohe Leiter, um bei einer Buche zwei starke Äste mit einer Motorsäge zu entfernen. Der eine Ast fiel zwar planmäßig auf den Waldboden, doch dann federte er plötzlich zurück und warf mich samt der Leiter auf den Boden. Beim Aufprall klang es in mir, als ob ein Tonkrug zerbrochen wäre. Die linke Hand steckte mit Elle und Speiche im Schotter, das Becken war zertrümmert. Schmerzen hatte ich zu diesem Zeitpunkt noch nicht. Wie in einem Film sah ich in diesen Augenblicken auf dem Weg, wo ich lag, einen Kreuzweg. Es war ganz eigenartig. Ich begann um Hilfe zu schreien. Nach geraumer Zeit hörten mich die Nachbarn Göschl und eilten herbei. Sie riefen die Rettung und benachrichtigten meine Familie.

Die Ärzte im Spital meinten, es sei ein Wunder, dass ich nicht querschnittgelähmt sei. Da mein Unterarm in der Erde gesteckt hatte, war der offene Bruch stark verschmutzt, sodass es unsicher war, ob die große Wunde gut gereinigt und dadurch die Hand erhalten werden könnte. Innerhalb eines Monats waren vor allem wegen der starken Infektion im Unterarm sechs operative Eingriffe erforderlich. Die Ärzte samt Pflegeteam waren hervorragend.

Danach musste ich für drei Monate ins Rehabilitationszentrum in Tobelbad, wo ich mit viel Leid konfrontiert war.

Ich gewann dort einen lieben Freund namens Raimund. Der Südkärntner war vom Halswirbel abwärts querschnittgelähmt und steuerte den Rollstuhl mit dem Mund. Trotz seiner Lage hatte er einen einmaligen Humor und immer einen guten Spruch auf Lager. Wir blieben in Kontakt. Menschen wie er sind eine Bereicherung für die Gesellschaft, sie geben trotz starker Beeinträchtigung nicht auf und verstehen es, das Leben trotz ihrer Beeinträchtigungen lebenswert zu gestalten. Das sind Vorbilder unserer Zeit.

Ich erholte mich erstaunlich rasch, sodass ich bereits im Sommer damit beginnen konnte, gemeinsam mit meinem Bruder fünfzehn je drei Meter hohe Kreuze aus Eichenholz anzufertigen. Diesen Kreuzweg errichteten wir entlang des zwei Kilometer langen Waldwegs in Richtung Weinburg. Am 4. November fand die Einweihungsfeier mit dem Kapuzinerpater Markus Krol statt, an der 150 Leute teilnahmen. Im Anschluss gab es ein gemütliches Beisammenstehen mit einer nahrhaften Agape.

Das Schöne an diesem Kreuzweg ist, dass er viele persönlich anspricht. Ich habe selbst erst spät erfahren, was Jesus uns durch seinen Kreuzweg schenken wollte. Ich sehe, es braucht alles seine Zeit; man darf auch niemanden zum Glauben nötigen. Ich brauche nur auf mich selbst zu schauen, wie viel Geduld Gott mit mir hatte.

Das größte Geschenk bekam die Menschheit auf Golgotha. Er wollte und will uns freikaufen von der Knechtschaft der Sünde. Es braucht nur unser freies JA. Das Wesen der Liebe liegt in der Freiheit. Jetzt, im Nachhinein, bin ich so dankbar für diesen Weg, auf dem mir Gott immer mehr das Herz und die Augen öffnete. Bei jeder Station des Kreuzwegs wird für mich sichtbar, wodurch ich ihn ans Kreuz hefte. Meine Sünde wird mir deutlich vor Augen gestellt. Mir geht es oft wie König David, der im Psalm 51 betet: „Erschaffe mir,

Gott, ein reines Herz, und gib mir einen neuen, beständigen Geist.“

Ich durfte vielen Menschen begegnen, die auf diesen zwei Kilometern heilende Erfahrungen machten. Durch die Versöhnung wurden einige auch von Krankheiten geheilt. So ist dieser Kreuzweg ein Weg der Versöhnung und der Heilung geworden.

2003 hatten wir mit 37 Grad Celsius den heißesten Sommer, seit wir Aufzeichnungen machen. Die Jahresniederschläge lagen unter 600 mm. So gab es leider viele Probleme mit den Insektenschädlingen, besonders mit dem Borkenkäfer im Wald. Durch die hohen Temperaturen und die Niederschlagsdefizite fiel bei unseren Fichten die natürliche Abwehr gegenüber den Schädlingen aus. Auch lag der Milchpreis damals bei nur 28 Cent pro Liter, was uns Bauern zu Prügelknaben der Wirtschaft machte. Regionalketten verschaffen Österreich zwar eine Stärkung der eigenen Wirtschaft, jedoch sind die Preise für die Produzenten deutlich zu niedrig, was den Bauern die Existenzgrundlage raubt.

Die andere Seite der Medaille: Zu Hause auf dem Bauernhof lebt man im Wechselspiel mit der Natur. Einmal ist mehr Arbeit und dann wieder weniger. Der Bauer ist dem Stress und der Hektik nicht 365 Tage ausgesetzt, wie es in anderen Berufssparten oft der Fall ist. Es gibt nichts Schöneres als das Arbeiten im Rhythmus der Jahreszeiten, auch wenn es Jahre gibt, in denen der Ertrag geringer ausfällt als in anderen.

Auf Einladung von Familie Binning flog die ganze Familie Ende Juli 2007 für eine Woche nach England. 24 Jahre zuvor hatte ich dort die wichtigste Grunderfahrung meines Erwachsenenlebens machen dürfen: bedingungsloses Vertrauen. Natürlich besichtigten wir London und Oxford, wir lernten aber auch ganz andere Dimensionen von Landwirtschaft kennen. Der Cousin bearbeitete eine Fläche von

500 Hektar. Ein anderer Bauer hatte 450 Milchkühe, die alle innerhalb von zwei Stunden mit Hilfe eines Milchkarussells gemolken wurden. Trotz dieser für mich unvorstellbaren Größenordnung nahmen sich die Leute Zeit und sie sprachen auch nicht von Geld und Reichtum.

Medjugorje – ein kraftvoller Ort zum Auftanken

Im Jahr 1996 fingen wir an, regelmäßig Pilgerfahrten nach Medjugorje für Familien zu organisieren und zu begleiten. Nach dem Bürgerkrieg bei unseren südlichen Nachbarn und dem Zerfall Jugoslawiens fuhren wir fast jedes Jahr in den Sommermonaten dorthin, um Urlaub für Körper, Geist und Seele anzubieten. Es ist ein Ort, in dem man die Nähe Gottes und der Gottesmutter gleichsam hautnah spürt.

Die Leute in der Region Medjugorje kamen vor allem durch die Botschaften der Gospa nach dem Krieg wieder zu einer lebendigen Beziehung zu Jesus. Auch wir als Ehepaar könnten Bücher darüber schreiben, was unsere Pilger und Pilgerinnen an schönen Begebenheiten, geheilten Verletzungen und tiefem Frieden erlebten. Genau das war auch der Anlass, warum diese Fahrten zum alljährlichen Urlaubsprogrammpunkt wurden. Jeder Mensch braucht den Seelenurlaub, wo er sich neu finden kann. Ein 5-Sterne-Urlaub befriedigt möglicherweise den körperlichen und geistigen Zustand, aber auch die Seele braucht ihren Balsam.

Die jährliche Fahrt in der zweiten Juli-Woche nach Medjugorje ist für mich wie eine geistige Tankstelle. In der ersten Ferienwoche können auch Kinder mitfahren, die dadurch auch gleich die Möglichkeit bekommen, für das hoffentlich gute Zeugnis zu danken. Hier erlebt man die Weltkirche hautnah. Die Begegnung mit Menschen aus verschiedenen Kulturen, aus Südkorea, dem Libanon, den USA, Australien, oder aus italienischen Regionen lassen auch unser Herz immer wieder ganz weit werden. Alle haben Sehnsucht nach derselben Quelle, die den wahren Durst löscht. Und diesen Durst allein kann man schon als Gebet bezeichnen.

In diesem Gnadenort gibt es das Haus Cenacolo, was man mit „Abendmahlsaal" übersetzen kann. Dort lebt eine Gemeinschaft, die von Schwester Elvira in Saluzzo, südlich von Turin, gegründet wurde. Das Haus in Medjugorje ist inzwischen eines von ca. 60 Häusern in verschiedenen Teilen der Welt. Auch im Burgenland gibt es eines. Die Burschen, die dort leben, hatten alle Suchtprobleme. Es wird ihnen in diesem Haus geholfen, wieder ein bewusstes Leben ohne Rauschgift und Alkohol zu führen. Die Gründerin selbst hatte den Impuls für diese Form der Rehabilitation, weil ihr Vater schwerer Alkoholiker gewesen war. So hat Gott ihr das Charisma geschenkt, den jungen Menschen, die zu Hause oft zu wenig Liebe bekommen haben, diese Liebe zu geben und sie als Kinder Gottes wertzuschätzen. Das Besondere an dieser Therapie ist, dass Sr. Elvira keine Medikamente zulässt und auch keine Psychotherapeuten beschäftigt. Ihre Medizin heißt Arbeit und Gebet. So fremd für die meisten anfänglich diese Mittel, vor allem das Gebet, waren, so erzählen sie nach einer längeren Zeit ihres Verweilens im Haus den zahlreichen Besuchern begeistert von ihrer Heilung nach der benediktinischen Regel „Ora et labora".

Sie legen Zeugnis ab und erzählen oft, dass die Eltern ihnen zwar Geld gegeben haben, aber keine Zeit für sie hatten. Ihre Sehnsucht nach Liebe hat sie dann falsche Wege gehen lassen, die sie schließlich – verführt durch falsche Freunde – in die Sucht führten. Übereinstimmend urteilen die Burschen über ihr Leben so: Früher waren wir tot, aber jetzt leben wir wieder. Wir sind auferstanden. Und das verdanken wir Sr. Elvira, die uns Liebe geschenkt und von der Liebe Jesu erzählt hat, der für uns am Kreuz gestorben ist.

Die ehemals Abhängigen lieben sie wie ihre Mutter, und sie nennen sie auch so.

Wichtig bei dieser Therapie ist auch die Gemeinschaft, die alle Tag für Tag stärkt, weil sie kameradschaftlich einander dienen, und in der auch die Vergebung täglich neu gelernt und geübt werden muss. Nur aus der täglichen Vergebung wächst die Liebe.

P. Slavko hat gesagt, man soll über niemanden den Stab brechen. Jeder, der gefallen ist, hat die Chance, sich wieder vom Boden zu erheben. Man kann von diesen Burschen und Mädchen lernen – es gibt nämlich auch eigene Häuser für Frauen – dass man, in welcher Situation auch immer, Gott das Ruder überlassen soll. Lass dir sagen: Hab Vertrauen!

Medjugorje wird auch der „größte Beichtstuhl der Welt“ genannt. Nirgendwo sonst – zumindest in Europa – wird so oft das Sakrament der Versöhnung gespendet; ein anderes Wort für Beichte, das positiver und weniger abschreckend klingt und dem wahren Sinn dieses Sakramentes besser entspricht. Die Beichtväter wissen zu berichten, dass viele innere Heilungen bei diesem Sakrament geschenkt werden, neben den hunderten, oft spontanen körperlichen Genesungen, die an diesem Ort der Gnade schon geschehen sind.

Zwölf Kilometer von Medjugorje entfernt gibt es die Wasserfälle Kravica, wo man im kühlen Wasser baden kann und sich bei einem kalten Bier und den besten Cevapcici über die Erlebnisse austauschen kann. Auch das ist wichtig; es soll ja ein Urlaub sein für Körper, Geist und Seele.

Warum erscheint Maria? Und warum hat sie sich diesen Ort ausgesucht? Schon bei ihrer zweiten Erscheinung am 25. Juni 1981 sagte sie den sechs Jugendlichen, dass sie als Königin des Friedens erscheint, und dass der Friede in großer Gefahr sei. Immer wieder bittet sie uns über die Seherinnen und Seher, manchmal auch weinend, dass wir um den Frieden mehr beten sollen. Und zugleich ruft sie uns alle zur Umkehr auf. Damit meint sie, dass wir wieder Gott in den Mittelpunkt unseres Lebens stellen sollen. Sie erscheint nun seit fast 40 Jahren. Sie ist eine Mutter, die ihre Kinder beschützen will. Und diese Kinder sind wir alle. Aber wir müssen auch unseren Teil dazu beitragen. Auf den Tag genau zehn Jahre nach der ersten Erscheinung brach der grausame Bürgerkrieg in Jugoslawien aus, der viel Zerstörung und viele Tote zur Folge hatte. Die Menschen, also wir alle, hatten ihre Warnungen nicht ernst genommen.

So war es auch in Ruanda, wo Maria auch im Jahre 1981 einigen Mädchen erschienen ist und ihnen Ströme von Blut vorausgesagt hat. Und ihre Prophezeiung traf ein. 1994 wurden innerhalb von hundert Tagen fast eine Million Menschen grausam umgebracht. Erst im Nachhinein merken wir, dass wir der Muttergottes doch hätten glauben und ihre Warnungen ernst nehmen sollen.

Oder wenn ich an Fatima denke, als dort vor über hundert Jahren die Gottesmutter gegen Ende des 1. Weltkriegs im Jahr 1917 vor einem noch schlimmeren Krieg gewarnt hat, wenn sich die Menschen nicht bekehren; auch damals ist die Warnung in den Wind geschlagen worden. Die Voraussage, dass Russland seine Irrtümer über die ganze Welt verbreiten wird, ist ebenfalls eingetroffen. Heute wissen wir, wie viel Leid der 2. Weltkrieg und der Kommunismus verursacht haben. Warum wollen wir dem Himmel nicht glauben, der unser Leben und unsere Zukunft kennt? Wenn man bedenkt, dass die Menschheit „nur“ mit dem Gebet Millionen Tote hätte verhindern können, frage ich mich: Wie werden wir das einmal vor dem Richterstuhl Gottes rechtfertigen können? Halten wir also die Ohren und die Herzen offen, wenn Jesus und Maria uns etwas empfehlen wollen, was uns und der ganzen Welt helfen würde. Aber wir haben trotz allem den freien Willen, uns zu entscheiden: Für Gott und damit auch für die Welt, oder gegen Gott, was sich dann aber folgerichtig auch gegen uns selbst wendet.

Seligsprechung von Johannes Paul II.

Am 26. April 2011 machten wir uns in einem Bus der Diözese Graz-Seckau auf den Weg nach Rom, um an der Seligsprechung von Papst Johannes Paul II. teilzunehmen. Schon die Fahrt durch herrliche Landschaften, vor allem durch die Toskana, war ein Erlebnis. Mich interessiert immer ganz besonders die Landwirtschaft. Und da fielen mir die Weinberge und Olivenhaine in und um Florenz ganz besonders auf. Auch die dazugehörigen Herrenhäuser, von denen leider viele unbewohnt sind und zum Kauf oder zum Mieten angeboten werden.

In Rom bezogen wir in einem Hotel in der Nähe des Bahnhofs unser Quartier. In den ersten Tagen wurden die wichtigsten Sehenswürdigkeiten dieser unvergleichlichen Stadt besichtigt. Vor allem die Kirche der Österreicher und Deutschen, Santa Maria del Anima in der Nähe der Piazza Navona, hat uns interessiert. Am Abend feierten wir eine Vigil, ein Nachtgebet, in der Kirche des heiligen Ägydius, italienisch Sant‘ Egidio genannt. Nach ihm ist eine Gemeinschaft benannt, die 1968 von einem Laien gegründet wurde und die sich ganz besonders der Armen und Ausgegrenzten annimmt. Die Arbeit dieser Gemeinschaft, die inzwischen in vielen Ländern der Erde aktiv ist, verdient unseren höchsten Respekt. Inzwischen organisiert diese Gemeinschaft im Auftrag und auf Wunsch des Papstes auch große Events, wie etwa die Weltfriedenstreffen, die Johannes Paul II. in Assisi ins Leben gerufen hatte.

Am Vormittag des 29. April trafen wir uns im Vatikan mit

Bischof Kapellari. Danach gingen die meisten in die Schatzkammer des Petersdoms, während Helga und ich die Zeit zum Gebet in der Sakramentskapelle nützten. Das ist der einzige Ort, wo man in dieser größten Kirche der Welt zur Ruhe kommen kann. Außerdem interessieren mich die materiellen Schätze der Kirche nicht besonders, habe ich doch schon vor längerer Zeit erkannt, was der wahre Schatz der Kirche ist.

Am nächsten Tag feierten wir nach dem Besuch der Katakomben und der riesigen Paulusbasilika am Petersplatz die Vigil als Vorbereitung und Einstimmung auf die Seligsprechung am nächsten Tag mit.

Auf dem Weg zum Petersplatz am Sonntag merkten wir bald, dass es keine Chance mehr gab, auf den Petersplatz zu kommen. So fuhren wir mit der Metro wieder nach Santa Maria Maggiore zurück und verfolgten dort auf einer Video-Wall die beeindruckende Feier der Seligsprechung. Auch dort waren Tausende versammelt; insgesamt sollen an diesem Tag mehr als eine Million Menschen in Rom gewesen sein, um diesen Jahrhundertpapst würdig zu feiern. Wie viele es weltweit an den Fernsehgeräten waren, kann man nur erahnen.

Dieser charismatische Friedenspapst und Freund der Jugend hatte es geschafft, die größte Versammlung von Jugendlichen in der Geschichte der katholischen Kirche auf die Beine zu stellen, und zwar beim Welt-Jugendtreffen auf den Philippinen im Jahr 1995, als vier Millionen Menschen sich dort um ihn, den Papst, den Papa der Menschheit, versammelten. Dass Johannes Paul II. am Fall des Kommunismus maßgeblich beteiligt war, wurde sogar von Gorbatschow eingeräumt, der den Papst einmal an einem 8. Dezember, dem Fest der Unbefleckten Empfängnis, besuchte.

Auch das Attentat auf den Papst am 13. Mai 1981 hat den Fall der Sowjetunion nicht verhindern können. Der Himmel führt immer Regie, so ganz sicher auch beim Attentat. Es geschah nämlich am Tag der ersten Erscheinung Mariens in Fatima. So erkannte der Papst, dass er sein Überleben der Königin des Rosenkranzes verdankt. Genau ein Jahr später besuchte der Papst Fatima, bedankte sich bei der Gottesmutter für seine Rettung und schenkte ihr die Kugel, die ihn hätte töten sollen.

Selbst für den Attentäter war es unbegreiflich, dass der Papst diese Verletzung überlebt hat. Der Papst selbst aber hatte eine Erklärung dafür, er sagte: Eine Hand hat die Kugel abgefeuert, und eine andere Hand hat sie gelenkt. Auch die Ärzte waren fassungslos. Denn die Kugel hatte im Körper des Papstes einen „Umweg" genommen, um lebenswichtigen Organen auszuweichen. Dieses Geschoss wurde in die Krone der Statue in der Erscheinungskapelle in Fatima eingearbeitet. Schon bei seiner Wahl zum Papst im Oktober 1978 hat er seinen päpstlichen Wahlspruch der Gottesmutter gewidmet. Er heißt: TOTUS TUUS – ganz Dein.

Die Zeit bis heute

2008 und die Folgen

Wirtschaftlich lebten wir 2009 in einer angespannten Situation, die von der großen Bankenkrise in den USA 2008 ausging und auch bei uns großes Misstrauen in die Wirtschaft auslöste.

Auch für die Landwirtschaft war es kein gutes Jahr. Große Mengen von Niederschlägen wirkten sich auf die Ernte – vor allem von Wein und auch Kürbissen – negativ aus. Zusätzlich lagen die Preise für Milch und Holz darnieder. Aber als Bauer soll man nicht nur auf Ernte und Ertrag schauen. Schon in der Bibel gibt es das Beispiel von den sieben fetten und den sieben mageren Jahren. Nach der Deutung eines Traums durch Joseph sorgte der Pharao vor, um sein Volk durch die kommenden Notzeiten zu bringen. (siehe Gen 41,1ff.)

Diese alttestamentliche Geschichte soll auch uns zum Nachdenken veranlassen darüber, ob wir wirklich immer Wirtschaftswachstum brauchen. Werden einmal unsere Kinder den Preis dafür bezahlen müssen? Als Bauer hat man früher in Generationen gedacht, und das war gut so.

Die nächste Generation

Mitte des vergangenen Jahrzehnts waren unsere Kinder erwachsen geworden. David hatte die Fachschule abgeschlossen und auch den Wehrdienst hinter sich gebracht. Er hatte eine ganz liebe Freundin, Melli, und 2016 heirateten sie.

Es war ein wunderbarer Tag der Freude. Die beiden werden die Wirtschaft weiterführen. Möge Gott sie segnen und beschützen.

Maria arbeitete in einem Grazer Kindergarten. Auch Judith hatte eine Fachschule abgeschlossen und die Matura gemacht. So beschlossen Helga und ich, neben dem Bauernhaus ein kleines Haus zu bauen, sozusagen als Nest für unsere alten Tage. Nach achtmonatiger Bauzeit war es fertig, und wir fühlen uns in diesem Haus sehr wohl.

Mit der Milchwirtschaft hörten wir auf; unser Stall wird nur mehr von Stieren bewohnt. Ein zweites Standbein sind die Kürbisse, aus deren Kernen wir gutes Kern-Öl (nomen est omen) pressen und verkaufen.

Für meine Frau und mich war die Zeit gekommen, eine neue Aufgabe zu übernehmen. Im Matthäusevangelium lesen wir über die Talente, die wir bekommen haben und die wir nicht vergraben, sondern mit ihnen arbeiten sollen. (siehe Mt 25,14-30) So war es uns ein großes Anliegen, das Projekt „Mary's Meals" zu unterstützen, das in Medjugorje sein Fundament erhalten hatte. Der Schotte Magnus MacFarlane-Barrow war der Gründer einer Initiative, mit deren Hilfe ein Kind für 18 Euro ein Jahr lang Nahrung und Schulbildung bekommt. Zurzeit wird es in den 14 ärmsten Ländern der Welt angeboten. Nahrung und Bildung gehören zu den Schlüsseln, mit denen die Armut bekämpft werden kann. Begonnen wurde in Malawi mit 200 Kindern. Heute wird täglich bis zu 1,5 Millionen Kindern mit Hilfe unzähliger Unterstützer eine Perspektive für ihre Zukunft geboten. Die Idee des Gründers ist, dass die Kinder am Ort ihrer Schule einmal täglich ein warmes Essen bekommen. Dadurch können sie überhaupt in die Schule gehen und den Grundstock für eine spätere Ausbildung und damit für ihre Zukunft legen.

Wir unterstützten dieses Projekt, indem wir es in der Pfarre und bei Festen publik machten. Es wurde sehr gut angenommen, und noch heute wird einmal im Monat in der Dorfkapelle dafür gesammelt. Die Spenden kommen zu fast 100 % bei den Ärmsten an. Sowohl hier als auch vor Ort arbeiten viele Ehrenamtliche mit. So kochen z.B. Frauen ohne Bezahlung das Essen. Nur durch solche direkte und kontrollierte Hilfe kommen Spenden auch direkt den Menschen zugute, ohne in den sehr oft korrupten Strukturen zu versickern.

Seit einiger Zeit arbeiten Helga und ich ehrenamtlich bei „Radio Maria“ mit. Wir sind sechs Personen und für das mobile Team Steiermark zuständig. Es ist unser Anliegen mithelfen zu dürfen, dass wertvolle christliche Sendungen in den Medien angeboten werden. Wir brauchen eine Werte-Kultur und keine Zeitgeist-Kultur. Ich bin immer mehr davon überzeugt, dass das Leben nur dann ein glückliches werden kann, wenn man es auf einem christlichen, das heißt felsigen Fundament aufbaut. Alle anderen Böden sind sandig. Schon ein stärkerer Wind des Schicksals kann uns umwerfen. (siehe Mt 7,24-27)

Ich habe rückschauend auf mein Leben den Eindruck gewonnen, dass die Mission schon immer mein Anliegen gewesen war, ohne dass ich es so benannt hätte. Mir ging es, wie ich in diesem Buch schon mehrmals betont habe, immer um Begegnungen. In ihnen sah ich die Chance, vom anderen zu lernen und durfte hoffen, dass auch andere davon profitierten. Letztlich sind wir immer auf der Suche nach Gott, auch wenn es den meisten gar nicht bewusst ist. Und es gibt so viele Wege zu Gott wie es Menschen gibt, sagte einmal Papst Benedikt XVI. Ich kann von jedem Menschen, ob er ein bewusster Christ ist oder nicht, etwas lernen. Wichtig ist, im anderen das Gute zu sehen. Philipp Bozzo di Borge bringt es auf den Punkt: „Man kann einem Menschen nur dann wirklich begegnen, wenn man die Waffen streckt und ihm entblößt gegenübertritt.“ So wie Jesus vor Pilatus. „Er wurde misshandelt, aber tat seinen Mund nicht auf“ (Jes 53,1-12).

Ich verstehe unter Mission, dass ich meine Erfahrungen der Liebe und des Glücks mit anderen teile, Gastfreundschaft übe, zuhöre und mich in die Position des anderen hineinversetze, seine Einsamkeit, seine Wunden spüre und auch sein Versagen mittrage. Das Wertvollste wird einem im Leben immer geschenkt; wie oft habe ich das selbst erfahren, und ich hoffe, dass ich auch imstande bin, zu schenken und dadurch zugleich mein eigenes Leben zu bereichern.

Ostern 2019. Ich darf jetzt auf 70 Jahre meines Lebens zurückblicken. Ich tue das in Dankbarkeit und lege zugleich meine restliche Zeit in die Hände Gottes. Ich bin voll Erwartung auf das Heimkommen, dem ich schon einmal sehr nahe war. Das Drama vom Hochschwab hat eine tiefe und nicht mit Worten zu beschreibende Sehnsucht in mir ausgelöst.

Wenn ich jetzt am Bach auf unserem „Skywalk“ sitze, einer erhöhten Terrasse am Bachrand, die ich vor zwei Jahren baute, dem Rauschen des Baches zuhöre und bei einem Glas Wein meine Gedanken schweifen lasse, richte ich auch meine Augen auf zum Himmel und sehe den harmonischen Flugbewegungen der Schwalben zu. Sie haben die Gabe im Flug zu singen und Futter zu sammeln. Irgendwie vereinbaren sie offensichtlich einen Treffpunkt, vom dem aus sie sich gemeinsam auf den Weg machen und nach Afrika fliegen werden. Was für ein Wunder. Die ganze Vielfalt von Lebewesen bildet einen großen Organismus, in dem nichts dem Zufall überlassen bleibt. Ja, welchen Reichtum darf ich immer mehr in mir und um mich herum erkennen. Was bringt uns der materielle Wohlstand, der uns durch die Werbung eingeredet wird und den wir gar nicht zum Leben brauchen? Letzten Endes wird genau dieser Wohlstand und Überfluss uns und der ganzen Schöpfung zum Verhängnis.

Satirisch würde man sagen: Wir kaufen mit dem Geld, das wir nicht haben, Dinge, die wir nicht brauchen, um Leuten zu imponieren, die wir nicht mögen. Ach, wie richtig und fatal zugleich! Inzwischen nehme ich wieder einen guten Schluck Wein. Welch ein Genuss in Kombination mit einem selbst gebackenen Brot mit Sonntagsbutter. Einfach köstlich. Das gehört auch zu einem guten Leben, das wir uns gönnen dürfen. Dazu fällt mir ein Spruch von Teresa von Avila ein: „Wenn Fasten, dann Fasten. Wenn Brathuhn, dann Brathuhn." Für mich verstehe ich das so: Wenn zum Beispiel Helga und ich gerade im Gebet sind und es kommt ein Besuch, dann hat natürlich der Besuch Vorrang, und wir unterbrechen oder beenden für den Moment das Gebet. Denn die Begegnung ist auch Gebet, weil ich im Besucher auch Gott begegnen kann. Ja, Freundschaften sind wichtig und wertvoll. Aber auch die Einsamkeit muss im Leben einen Platz haben. Sie gehört zur Reifung der eigenen Persönlichkeit dazu. Und man möchte die Erfahrungen der Einsamkeit später mit jemandem teilen. Es ist wie ein Einatmen im Alleinsein und ein Ausatmen im Mitteilen. Im Alleinsein bist du ganz DU. Du brauchst dich nicht zu verstellen, niemandem etwas beweisen und dich auch nicht anpassen. Wenn du dieses „Ganz-bei-dir-Sein" erreicht hast, dann bist du authentisch und frei von den Fesseln der Gesellschaft.

Ich weiß nicht, wie es Dir dabei geht, wenn Du über das Leben nach dem Tod nachdenkst. Wie wird dieser Zustand sein – ohne Zeit und Raum? Er ist für uns Menschen in dieser Welt noch nicht vorstellbar. Aber ich glaube, das Wesen des Himmels wird Begegnung sein, bei der es keine Sprache mehr braucht. Eine unendliche Umarmung, die von einer Liebe gespeist wird, die Gott heißt. Denn Gott ist die Liebe (1 Joh 4,16b). Da ich dem Tod schon einmal in die Augen blicken durfte, weiß ich: Den Himmel gibt es echt. Im Himmel ist alles Begegnung.

Ich möchte meine Zeilen mit der größten Botschaft beenden, die es gibt:

Christus ist auferstanden – Er ist wahrhaft auferstanden

Vor seinem Heimgang zum Vater hat er den Aposteln noch einen Auftrag gegeben: „Geht hinaus in die ganze Welt und verkündet das Evangelium allen Geschöpfen." (Mk 16,15)

Ja, das will ich tun, und ich bitte euch, das größte Gebet, das uns Jesus selbst gelehrt hat, jetzt mit mir zu beten:

Vater unser im Himmel,
geheiligt werde dein Name.
Dein Reich komme.
Dein Wille geschehe,
wie im Himmel so auf Erden.
Unser tägliches Brot gib uns heute.
Und vergib uns unsere Schuld,
wie auch wir vergeben unsern Schuldigern.
Und führe uns nicht in Versuchung,
sondern erlöse uns von dem Bösen.

Denn dein ist das Reich und die Kraft
und die Herrlichkeit in Ewigkeit.
Amen.

Ein Brief an meine Kinder

Des Öfteren schon spürte ich in mir den Wunsch, für euch einige Zeilen niederzuschreiben, sodass ihr sie später nachlesen könnt, wenn ich die Erde schon verlassen haben werde.

Wenn ich über meine bisherigen Jahre nachdenke, komme ich zum Ergebnis, dass die Liebe das Zentrum meines Lebens war und ist. Denn wir werden durch einen Akt der Liebe gezeugt und geboren. Wir leben, um zu lieben und geliebt zu werden; und wenn wir letztendlich sterben, werden wir der wahren Liebe begegnen, die Gott heißt, um in ihr ganz verwandelt zu werden.

Das Ziel unseres Lebens ist zu lernen, den anderen zu lieben, wie Jesus uns am Kreuz gezeigt hat, was lieben heißt. Wenn du wirklich liebst, wirst du merken, dass dir nichts gehört, denn alles ist ein Geschenk, und wir haben die Verpflichtung, dieses Geschenk zu teilen.

Meine lieben Kinder, ich bin stolz auf euch, liebe Maria, David und Judith, jede/r von euch ist sehr kostbar, einmalig und ein Original, denn ihr habt eure eigenen Begabungen und Talente. Ich bin so dankbar für euch. Ihr habt mir schon so viel zurückgegeben. Bleibt gute und charakterstarke Menschen und überseht nie die Menschen um euch herum, denen es nicht so gut geht wie euch. Setzt euch immer für die Schwachen ein, denn Jesus hat gesagt: „... was ihr für einen meiner geringsten Brüder getan habt, das habt ihr mir getan“ (Mt 25,40).

Ich glaube, ich habe von euch schon mehr gelernt als ihr von mir. Auch möchte ich mich entschuldigen, dass ich euch nicht so gefördert habe, wie ihr es gebraucht hättet. Bleibt stark im Glauben, dann werdet ihr auch schlechte Zeiten gut überstehen. Im Glauben fühlt man sich getragen, das haben mich schon meine Eltern gelehrt. Sie haben zwei Weltkriege erleben müssen und sind nicht verzweifelt. Gebt den materiellen Dingen einen nicht zu großen Stellenwert, sie sind vergänglich. Der Mensch ist auf Gott hin geschaffen und deshalb wird er auch nur in Ihm den Frieden finden. Denkt auch darüber nach, welch großen Preis Jesus am Kreuz für jeden von uns gezahlt hat. Wenn ihr große Entscheidungen zu treffen habt, dann hört auf euer Herz. Und wenn ihr dabei Frieden spürt, dann geht mutig euren Weg.

Im Gebet werden wir immer verbunden bleiben.

In Dankbarkeit euer euch liebender Papa.